蔦重《つたじゅう》の矜持《きょうじ》

車 浮代

Kuruma Ukiyo

双葉社

主な登場人物

蔦屋重三郎……通称「蔦重」。吉原遊廓の貸本屋から、一代で日本橋通油町に地本問屋を構えるまでに成り上がった「蔦屋耕書堂」店主。歌麿、写楽を筆頭に、名だたる文化人をプロデュースし、大ヒット作を連発。

武村竹男……江戸での呼び名は「タケ」。サラリーマンだった55歳のとき、お稲荷さんの怒りを買って、天明の世の江戸へなぜか若返った姿でタイムスリップ。命の恩人の蔦重のもとで人生を学び、帰還後、フランスに移住した。

ジェラール……ジャンと亜里沙の長男で、竹男の孫。

喜多川歌麿……売れない浮世絵師だったが、蔦重に見出されて大絵師に。美人大首絵を生み出す。以前、タケが江戸に来たときは世話係を務めた。

勝川春朗……勝川派の浮世絵師。のちの葛飾北斎。写楽を生み出すきっかけを作った。

菊乃……蔦重とは古い付き合いの中見世の花魁。

蜻蛉……江戸でタケが懸想した松の位の花魁。

佐和子……竹男の妻。

亜里沙……竹男と佐和子の娘。

ジャン……亜里沙の夫。日本通。

沙羅……ジャンと亜里沙の娘。ジェラールの妹。

目次

序　タケの決意　Take no ketsui …… 7
第一章　爺ちゃんの秘密　G-chan no himitsu …… 10
第二章　Gと爺、江戸へ行く　GtoG、edo e iku …… 39
第三章　傲慢の行方　Gouman no yukue …… 68
第四章　タイムスリップの謎　Timeslip no nazo …… 94
第五章　学術的に考える　Gakujutsuteki ni kangaeru …… 114

第六章　戸惑いからの脱却　Tomadoi karano dakkyaku……135
第七章　立ち上がるタケ　Tachiagaru Take……169
第八章　芸術は爆発だ　Geijutsu wa bakuhatsuda……200
第九章　辛い記憶　Tsurai kioku……220
第十章　旅の終わり　Tabi no owari……246
抜粋　「蔦重の矜持」……249

装幀　高柳雅人

蔦重の矜持

序　タケの決意　Take no ketsui

再び江戸へ行く——。

その思いは日増しに強く、切実になっていった。

五十五歳の時、江戸にタイムスリップしてちょうど二十年。

その間、恋川春町《こいかわはるまち》の『金々先生栄華之夢《きんきんせんせいえいがのゆめ》』ではないけれど、会社を辞めてフランスに渡ってそれなりの成功をし、胸を引き裂かれるほどの辛い目にも遭い……、七十六歳になった今では、全ては一炊《いっすい》の、粟餅《あわもち》が蒸しあがるまでの間に見た夢のように思える。

刻一刻と寿命が近づくのを感じるにつれて、願うことはただ一つ。


「やらない後悔だけはするな」

私が経営者となって、仲間たちに一番伝えてきたのがこのことだ。

やらない後悔よりやった後悔。

やって失敗しても、それは「経験」という財産になる。つまりは「成長」が得られるのだが、やらなかった後悔は何ももたらさないため、一生残る分、ゼロではなくマイナス。人生の負担になるのだ。


アメリカで、九十歳以上の人々を対象にしたアンケートで、

「あなたの人生に悔いはありますか？」

と尋ねたところ、九〇パーセント以上の人が、

「もっと冒険しておけばよかった」

と答えたそうだ。これを読んだときから、

「死ぬまでに、絶対必ず、再び江戸に行く！」

と心に決めていた。


『災い転じて福となす』の譬《たと》え通り、お稲荷さんの怒りを買って落とされた江戸である

のに、蔦屋重三郎に助けられ、身近で彼の生き様を見られたおかげで、人生最高の冒険ができ、己の天分を生かして仕事をする喜びを知ることができた。

多くの人々に喜んでもらえ、妻とともにたくさん旅をし、孫にも恵まれ、長い時を一緒に過ごすことができた。

だからといって、「あなたの悔いは？」と聞かれたら、「ありません」とは答えられない。

二度目の江戸行きは、「もっと冒険しておけば」の、「もっと」の部分なのだ。

第一章　爺ちゃんの秘密　G-chan no himitsu

タケ爺ってば、こんな夜更けに病院を抜け出して、一体どこへ行く気だろう？

僕はタケ爺と一緒にタクシーに乗って、飯田橋《いいだばし》にある大きな総合病院から、スカイツリーがある方角に向かっていた。

僕の名は「Gérard《ジェラール》」。みんなは略して「G《ジェイ》」って呼ぶ。フランス語は、Gが「ジェイ」でJが「ジー」で、英語と真逆なんでややこしい。

両親は国際結婚ってやつで、パパはフランス人で名前は「Jean《ジャン》」。ママンはタケ爺の娘で「亜里沙《ありさ》」って名前だけど、フランスでもAlyssa《アリサ》はよくある名前なので、比較的こっちの社会に溶け込みやすかったらしい。パリではポピュラーな、北アフリカ生まれの調味料「HARISSA」と発音が近いので、家でクスクスを食べる時に、僕がわざと「ママン、アリサ取って！」なんて言うと嫌な顔をする。

パパが、日本で大人気のパリのアパレルブランドに勤務していた頃、化学繊維会社に勤めるママンと出会って恋をし、結婚した。新婚の頃、パパは銀座《ぎんざ》店の副店長を任されていたので、二年ほど日本で暮らしていたそうだ。その後、パリの本社に戻ることになり、ママンは仕事を辞めてパリについていって、僕が生まれた。

だからタケ爺は僕のお爺ちゃんってことになるんだけど、「パピー」と呼ばれるのを恥ずかしがって「タケ爺」に落ち着いた。佐和子《さわこ》お婆ちゃんは逆に「マミー」と呼ばれるのを喜んでいる。なんでも日本に昔からある乳酸菌ドリンクに『マミー』っていう名前の商品があって、子供の頃、好きだったんだって。

ちなみにもう一人、僕には家族がいる。三歳下の妹の「Sarah《サラ》」で、ママンと同じく、フランスでも日本でも通る名前にしたんだって。漢字だと「沙羅」。

僕の名前は、パパ側のパピーの名前を継ぐのが決まりだからって、問答無用で「ジェラール」になったんだけれど、妹の名前はママンが決めた。「亜里沙」の「沙」の字が使える沙羅双樹《さらそうじゅ》の「沙羅」。その意味を知った時、

「パパはクリスチャンなのに、仏教の聖樹《せいじゅ》の名前なんてつけて良かったの？」

ってマミーに聞いたら、

「いいのよ。『聖《セイント》☆おにいさん』じゃ、イエスとブッダが仲良く同居してるじゃない」

軽くいなされた。確かにあのマンガは面白いけど。

「よくそんな理由でパパが納得したね」

呆れて言うと、

「気づいてないいんじゃない？」

って。いいのかなぁ。

妹も「沙羅」が気に入っているらしく、わざと漢字で署名したりしていた。僕の名前は漢字にできないから羨ましい。そもそも日本語読みで「ジェ」に当てはまる漢字なんて存在しないんだから。


話を戻そう。

タケ爺の名前は武村竹男《たけむらたけお》。フランスで『日の丸食堂』って店名の、和食のビストロ・チェーンを経営している。

五十代半ばで日本の会社を辞めて、マミーと一緒に、パリの南西にあるセーブルに移住して始めた小さな食堂が、パパが提案した『おぼろ豆腐』でブレイクした（最初は苦労したらしいけど）。それを機に、パパも会社を辞めて店を本格的に手伝うようになり、今やパリを始め、お店はフランスに八店舗ある。

タケ爺は店が軌道に乗ると、早々《はやばや》と経営をパパに任せて自分は顧問となり、マミーと一緒に五年で世界三十カ国以上を旅して回った。秘境にもずいぶん行ったそうで、食いしん坊のタケ爺は、必ず現地の人たちのソウルフードを食べてみないと気が済まないタチだから、たくさん失敗もしたようだ。

青島《チンタオ》でヒトデの蒸し焼きを食べた時は、薬が効かないほど食中毒がひどかったらしく、

「だからやめなさいって言ったのに！」

マミーはずいぶん怒ってた。

「だっておまえ、ヒトデが食べられるなんてそれまでは知らなかったし、みんなうまそうに食ってるし、火が通ってるから大丈夫だと思ったんだよ。実際、ヒトデを開くと、それぞれの足に蒸しウニが詰まってるみたいで、味もウニそっくりだったんだ」

腹を抱えてうずくまりながら、言い訳していたらしい。

一度、タケ爺に、

「今まで食べてきたゲテモノの中で、一番美味しかったものは何?」

って聞いたことがある。するとタケ爺は、

「アザラシの目ン玉かな」

と、予想を超える球を投げてきた。

「そんなもの食べたの? どこで?」

「アラスカ」

「北極圏まで行ったの⁉」

「ああ、行ったさ。野菜が穫れない分、栄養をアザラシで補うんだそうだ。血も、腸《はらわた》の中身も、寄生虫なんか気にせず食うんだ。貴重なタンパク源だからな」

「で、目ン玉が美味しかった、と」

「秘境ツアーでエスキモーの集落に連れていってもらったとき、歓迎の意味でアザラシを一頭潰して、村長が素手で両方の目ン玉をえぐり出したんだ。一つは自分用で、もう一つは客用。で、透明で野球のボールぐらいの、神経が垂れて血が滴っている目ン玉の一つを『はいどうぞ』って感じで差し出してきた。みんな怖《お》じ気《け》づいて後退《あとずさ》ったんだが、せっかくのもてなしを拒否したら、そこでシャットアウトされちまう。そこで爺ちゃんは、意を決して前に進み出たんだ」

「それでそれで？」

僕は身を乗り出していた。

「精一杯の笑顔を作って目ン玉を受け取ったよ。まだホコホコと温かかった。で、どうやって食べるのかと村長を見ると、村長は眼球に直接唇をつけ、思いっきり中身をズルッと啜《すす》ったんだ」

「うげーっ！」

いきなり吐きそうになった。僕に限らず、フランス人はヌルヌルした食べ物が苦手だ。ママンは時々、納豆や山芋やモロヘイヤを「お肌にいいのよ」と言って食べるけど、パパと僕は見ないようにしているし、第一あのズルッて濁音を聞くだけで、寒気がして首がすくむ。

ゲテモノの上にナマモノでヌルヌルなんて、三重苦の、もはや拷問だ。

「で、タケ爺も啜ったの？」

「もちろん啜ったさ。もともと、サザエさん家のワカメちゃんと同じで、魚の目玉と唇は好物だし、似たようなもんかと思ってね」

『サザエさん』は知ってる。『日の丸食堂』一号店に、ほぼ全巻置いてあるから読破した（盗まれてはネットで探して補充、を繰り返してる。よくあんなボロボロの本、持って帰るなと思うけど、マニアはいるもんだ）。

タケ爺曰《いわ》く「高度成長期の、古き良き昭和の日本」が描かれている四コマ漫画で、タケ爺の少年時代はまさしくカツオのように、よく原っぱで草野球をしていた、と何度も聞かされた。ただし冬場は雪と寒さで地面が凍るから、歯のない下駄の裏に細い鉄板をつけ、田んぼでスケートをしていたそうだ。

「で、目ン玉の味は？」

「美味かったんだよ、これが。上品で、旨味の塊のジュレって感じだな。滞在する間にもう一度食べたいと思ったけど、一頭から二個しか取れない貴重品だから、二度目は回ってこなかった。死ぬまでにもう一度食べたいもんだ」

おもむろにタケ爺は、『死ぬまでに食べたいものリスト』と書かれた手帳をポケットから取り出し（常に持ち歩いている）、そこに「アザラシの目玉」と書き加えた。食べてみたいもの、かつて食べた味が忘れられず、もう一度食べたいものが書かれている。

リストは食べ終えると線を引いて消されるのだけれど、新情報はもちろん、こうやって思い出しては書き足すので、食べるのが追いつかず、増える一方だ。

「あれもこれも食べたいのに食べきれない。時間のある若い奴が羨ましい」

といつも言っている。

「英語もフランス語も喋れるんだし、ツアーで団体旅行なんて、ウザいだけでしょ？」

「そんなことはない」

タケ爺は即座に否定し、「やれやれわかってないな」という風に、首を横に振った。

「若くて体力のある頃は、一人で気ままな貧乏旅行で経験を積むのもいいもんだが、歳を取ってからの旅は、安全と快適が一番なんだ。それに一人だと一品しか食えん。爺ちゃんはツアーについていている食事を食べずに、仲良くなった人たちを何人か誘って、目をつけていたレストランに行って、みんなでシェアすることがよくある」

「食事がツアー代に含まれているのに、わざわざお金を出して、別の場所で食べるの？もったいない」

「そう考える人間は誘わないよ。考えてもみなさい。その国のその街で食事ができるチャンスなんて、二度とないかもしれないんだぞ。その街で一番美味しそうなものを食べないと、悔いが残るじゃないか。こんな時に金を遣うために、爺ちゃんは働いてきたんだ」

Imcroyable《アンクロワイヤブル》（素晴らしい）な食いしん坊だ。

ママンに言わせると、フランス人にはドケチが多いらしい。いくら収入が良くても住宅貯蓄（地道に長く続けるほど、住宅融資の際に有利になる）か、バカンス貯金に回し、普段は慎ましく生きている。食料自給率一〇〇％オーバーを誇るフランスでは、食材は安く、外食費はバカ高い。故に自炊率は高い。夏に少なくとも二週間はあるバカンスだって、決して豪遊するわけじゃなく、郊外にログハウスを建てたり、友人の別荘を借りたりして、地味にのんびり過ごすことがほとんどだ。

僕はタケ爺にくっついてって、同年代の友達に比べると外食率が高く、贅沢させてもらっている方だけれど、食事がついてるのにわざわざお金を払って別のものを食べる境地には至れない。

「これだけ食べることが好きで、なんで定年近くまで東京でビジネスマンなんてやってたの？　窮屈だったんじゃない？」

不思議に思って聞くと、

「ところがさにあらず。東京ほど世界中の料理が揃っている街はない。しかもどの店も、現地の味の水準を超えている。何十年東京で働いていたって、飽きることはない」

　自慢げに言った。

「ただし、東京で確実に美味いものを食べようとすると金がかかる。何せ土地が高いからな。その点、爺ちゃんがいたのは接待が多い広告代理店で、働き盛りの三十代にバブル時代を迎えた。バブルはわかるか？」

「うん、マミーから聞いた。一万円札ビラビラ振ってタクシーの争奪戦をしたり、ラーメン食べるために、わざわざ飛行機に乗って札幌や博多にまで行ったりしてた、おバカな時代でしょ？」

「……まあ、ラーメンの方は、突然成金になった不動産屋が、女性を口説くための方便《ほうべん》だがな。誰もがそんなことをしていたわけじゃない」

「そうなの？」

「一万円札の方は、確かに爺ちゃんもやった。クライアントに気に入られなきゃと必死だったからな。当時は仕事を取るために、接待費は使い放題、タクシーは乗り放題だったから、いいもん食って、深夜まで店をハシゴして……。近場の温泉旅館で打ち上げ、なんてのもあったぞ。飾られたまんま、食べられずに干からびていく巨大な二十万円以上する舟盛りを、泊まらなくていいからあのまま持ち帰りたいと、何度思ったことか。広告制作費もふんだんにあったから、海外ロケなんてしょっちゅうだ。爺ちゃんは婆ちゃん一筋だったから女遊びはしていないが、食い道楽は十分満たされてたんだ」

「単にモテなかっただけでしょ？」

タケ爺の若い頃の写真を見ても、beau《ボー》（ハンサム）とは程遠い。

「それを言うなって。……だがな、G。バブルを知らない人間は、あの時代を黒歴史のごとく言うが、日本にとって、いいこともたくさんあったんだぞ」

「例えばどんな？」

「まずはどこにあるかもちゃんと知られていないアジアの小国が、その技術力や文化度の高さを認知されることとなった。世界旅行が当たり前になり、一般の人々が世界を知ることができた。つまりバブルが、あらゆる面で世界進出のきっかけを作ったんだ。敗戦以降、高度成長期を迎えても、日本とアメリカでベストセラーとなった『Japan as Number One』で学習意欲の高さと読書量の多さが評価されるまで、日本人はアメリカ人の真似をする〝イエローモンキー〟だとか金儲け主義の〝エコノミック・アニマル〟

と馬鹿にされ続けてきたんだからな」

「Je《ジュ》 vois《ヴォワ》(なるほど)」

「もちろん、バブルを迎えたからって、すぐにそのイメージが払拭されたわけじゃない。だが、金を持っているっていうのは権威を持つことでもある。腹ではどう思っていようが、表面上は認めないわけにはいかないからな」

「T'as《タ》 raison《レゾン》(確かに)」

「それからインターネットが普及し、何十年もかかって、令和に入ってＡＩによって言語の問題も解消されて、やっと日本の情報が正しく伝えられるようになった。そうして日本が世界一行きたい国NO.１になったんだ」

いつもこうだ。日本のことを語り始めると、タケ爺の勢いは止まらない。

「建造物だけでなく、自然もそうだ。四季があって、流氷からサンゴ礁まで見られる国は他にないからな。観光資源の宝庫ってわけだ。その上、安全で清潔で時間に正確で……電車が数分遅れただけで、車内放送で詫びが入る律儀さだ。爺ちゃんは世界中を旅して、〝インフラが整っていることが当たり前ではない〟、ということを、改めて思い知らされたんだ」

「財布を無くしても、二分の一以上の確率で出てくるしね」

このことはママンから聞いた。ママンは結構おっちょこちょいで、忘れ物や失くし物が多い。その度「日本だったら出てくるのに〜！」と、戻ってこないことを悔しがっている。

「長い間『沈黙は金』が美徳なんて歴史が続いたから、日本人はいまだに自己主張やディベートが下手だし、話しかけるきっかけが詫びから入る、諸外国から見たら理解不能で不利益な国だが……」

「『SUMIMASEN』だね。フランス人はよっっっぽど！　のことがない限り、自分に非があるとわかってても謝らないからね」

このことは、パパとママンが喧嘩する一番の原因でもある。

ママンの大事なお皿を割った時も、

「こんなところに置いておくからだよ」

だし、時間に遅れても、

「すごいアイデアがひらめいちゃってさ。すぐに書き留めないと忘れちゃうだろ？」

って堂々としている。

「言い訳の前に『ごめんなさい』でしょ⁉　その一言がないから怒りが収まらないのよ！」

というのが日常茶飯事だ。

「そのことはいいんだ。郷に入っては郷に従うしかないからな」

「じゃあさ、そんなに日本が好きなのに、タケ爺はなんでフランスに移住して、食堂を始めようなんて思ったの？」

そもそも『日の丸食堂』っていうネーミングは、長野県諏訪《すわ》市にあるタケ爺の実家の店名だ。今はタケ爺のお兄さん一家が継いで、タケ爺も援助している。みんなで一度、帰国して訪ねて行った時、僕はまだ二歳児だったんで何も覚えていないのだけれど。

以前、タケ爺にそのことを聞いた時は、

「会社をリストラされて、日本で新しく仕事を探すより、Gや亜里沙の近くで暮らしたかったんだ。何より佐和子は、Gの出産に立ち会うためにパリに行ったまま、爺ちゃんをほったらかして何ヶ月も帰ってこなかったんだからな。移住には大賛成だったよ」

って言ってたんだけど、なんか腑に落ちない。料理人でもなかったタケ爺が、いきなりフランスの、それもセーブルなんて都会でもない街で、和食のビストロを始めようとなんて思うかなぁ？

「実はな、ある人に教えられて〝あがり〟を決めたんだ」

タケ爺は、重大な告白をするかのように、声のトーンを落とした。

「あがり？」

「人生の目標を決めるってことだ。爺ちゃんが広告代理店から、早期退職か地方転勤かを迫られた時、『日本の伝統的な食文化を海外に伝え、料理を食べてくれる人に喜んでもらえ、健康でいてもらいたい』という〝あがり〟を決めて、それを叶えたから、こうして趣味の食道楽を追求しながら、新メニューの開発に取り組んでいられるんだ」

確かに、『日の丸食堂』の常連客は皆、「体調が良くなった」「肌や髪に艶《つや》が出た」「肥満解消になる」と定食の虜《とりこ》だ。特に、手前味噌で作った味噌汁にハマる人が多い。

さらに、各国の料理を和食にアレンジした期間限定メニューは人気の的で、度々メディアに取り上げられ、レシピを譲ってほしいとレストランから頼まれたり、食品メーカーの商品開発に携わったりもしている。

経営からは身を引いたとはいえ、タケ爺は今もご意見番として、しっかり店に貢献しているんだ。

「日本人の、ものづくりにかける情熱と探究心と技術力は世界一だ。爺ちゃんは昔から超絶技巧を持つ職人に憧れがあった。残念ながらそれほど手先が器用ではなかったので、心を込めて料理を作ることにしたんだ」

「自分に向いた仕事を見つけられたんだね」

「ああ。だからと言って、ビジネスマンが遠回りだったってことはないぞ。親の跡を継いでいきなり食堂を始めたって、せいぜい店を存続させるのが関の山だっただろう。広告代理店にいたからこそ、店を発展させることができた。『何事も経験』ってのは本当のことで、人生に無駄なことなんて一つもないぞ。無駄だと思ったとしたら、それは経験を生かさず、無駄にしちまった自分が悪いんだ。様々な経験を積んだ上で、自分の天分を見極めて、それを仕事にして社会に貢献する。それがこの世に生を享《う》けた意味ってもんだということを、爺ちゃんはその人の教えを受けて実感したんだ」

だんだん話が難しくなってきた。

「〝天分〟って何？」

「天、つまり神様がくれた才能、ってことだよ」

「神様って三位一体の神のこと？」

今や無神論者が過半数のフランスだけど、パパはクリスチャンであり続け、家では食事の前にお祈りを捧げている（みんな、パパがいない時はサボってるけど）。

「うーん、創造主ということでは近いけれど、似て非なるものかなぁ。日本の場合は山にも木にも、米粒一つにも神様が宿っているという考え方だから。この場合の天は、太陽に宿る神、というイメージが近いかも知れない」

「ギリシャ神話のアポロンみたいな？」

「日本では女神だよ。天照大神《あまてらすおおみかみ》。神道《しんとう》の神棚には、必ず真ん中に奉られているけれど、必ずしも日本国民が、天と聞いて天照大神を具体的に思い浮かべるわけじゃない。光の下で万物を見通している何か、という感じだな。親や先生が見ていなくても、お天道様《てんとうさま》が見ているから、悪いことをすればバチが当たる。そう教えられて育つから、悪事への抑制力となって、日本は犯罪率が低いのかも知れない」

「それって、常に監視され、マインドコントロールされてるってことじゃないの？」

「爺ちゃんも昔は、バチなんて思い込みだろうと思っていたよ。ところが、だ……」

タケ爺は唇に人差し指を当て、声を潜めて言った。

「神様を怒らせたら、バチは本当に当たるんだ」

「うっそだぁ〜」

「信じんのならそれでいい。……しかし宗教は違えども、Gといい沙羅といい、とても信心深いジャンの子供とは思えんな。亜里沙のしつけが悪いのか……」

ブツブツと愚痴を言い始めたので、僕は話を戻した。

「で、タケ爺の天分が食堂のオーナーだったたってわけ？」

「ああ。もっとも、爺ちゃんが天分を意識したのは、会社から二択を迫られた後、ある人との出会いがあったからだ。その人が爺ちゃんの天分を見つけて、育ててくれた。『自分の好きなことを仕事にして、人に喜ばれることほど幸せなことはない』ってな」

「さっきから思わせぶりに言ってる、〝ある人〟ってのは誰なのさ？」

「爺ちゃんの命の恩人で、師匠だった人だ」

「もう亡くなってるの？」

「ああ。二百年以上も前にな」

「何それ？　歴史上の人物で、心の師匠ってこと？」

「いや、実際に会ってるよ。まあ、歴史上の人物ではあるが……」

「二百年以上前の人物に会ってるなんて、ありえないよ。もしかしてタケ爺、ボケが始まった？」

タケ爺はニヤニヤと笑った。

「Gがもう少し大きくなったら、爺ちゃんの秘密を教えてやるよ」


タケ爺とそんな話をじっくりできたのは、新型コロナウィルスのパンデミックのせいだった。二〇一九年十二月初旬に、中国の武漢《ぶかん》市ってとこで最初の感染者が出て、年が明けた二〇二〇年一月にはフランスでも流行しはじめた。三月半ばには学校が閉鎖され、さらにレストランやカフェが閉鎖された。

『日の丸食堂』も当然休まなきゃいけなかったし、閉鎖が解けたところで和食の食材が入ってこないしで、離れて暮らすのは心配だからって、ロックダウンの間、僕らはタケ爺の家で一緒に暮らしてた。やることがなくて、サブスクで映画やドキュメンタリーばっかり観てたっけ。

海外旅行に行けなくなってから、タケ爺は自室にこもるようになった。僕はécole《エコール》 primaire《プルメール》（小学校）の授業はリモートで受けてたから、それ以外の時間はタケ爺の部屋で過ごすことが多く、一緒に日本の古い時代劇を観たりして、たくさん話をする時間があったんだ。

海外旅行が解禁になってからも、タケ爺は旅に出ようとしなかった。しばらく店の立て直しでそれどころじゃなかったし、やっと落ち着いたと思った時にあんなことがあったんだから、誰もそんな気になれなかっただろうけど。

旅に出るようになったのは、さらに六、七年経ってからかなぁ。足腰が弱ってたから、マミーとクルーズ船の旅を楽しんでたよ。宅配を利用して家から船に送れば、荷物は運ばなくていいし（船室まで届けておいてくれる）、空港の面倒な入国審査も手荷物チェックもいらないし、買い物の量も気にしなくていい。帰国後、船から自宅に荷物が送れるからだ。何より、船室に荷物を置いたままにしておけるので、どこに行っても身軽でいられるのがいいんだって。空路ではいけない島にも、船だと横付けしてくれるって、喜んでた。

船内では三食＋おやつや夜食が用意されていて、アルコール以外は全てフリー。プールにジムに図書館にダンスに映画にコンサートにカジノにイベントにと、なんでも揃ってる。「クルーズ船は究極の旅の形」なんだってさ。

歩くのに杖が必要になると、今度はＶＲの旅を始めた。

「空からの眺めなんて、現地に行ったって見られないぞ！」

タケ爺が興奮してるから、

「現地に行くよりすごいなら、もう出かける必要ないんじゃない？」

って茶化すと、

「馬鹿。メタバースとは違うんだ。いきなりこれを見たってダメなんだ。行ったことがあるからこそ、現地の情景や出来事、空気の匂いまで、五感で蘇えらせることができるんだ」

哀れむような目で僕を見た。何もそんな顔しなくったっていいじゃないか。


……で、話は現在に戻って、今から数日前。

タケ爺は僕を連れて日本に帰国した。あと何十年も生きられないだろうから、これが日本の地を踏む、最後の旅になるだろうって、知り合いに会ったり、思い出の場所を巡ったり。杖をつきながらだけど、毎日七、八千歩は歩いたんじゃないかなぁ。

とうとう一昨日、疲れがどっと出たのかホテルのベッドで起き上がれなくなり、飯田橋の総合病院に緊急入院した。

昨日は一日がかりで検査を受けて、今朝、先生から検査結果を聞き、明日には退院っていう日の夜――。

タケ爺はわざわざパリの自宅から持ってきた古い着物に着替えて、釣り人が着るような、ポケットがたくさんついたベストを着込み、そこに何やら小物を次々と詰め込んで、おまけに年甲斐もなく、ボディバッグを身体に斜めに巻きつけた。

――なんだ、このcoolなファッションは?

メモを見ながら忘れ物がないかをチェックすると、最後にダブダブの黒のレインコートを羽織った。これじゃあ中に何を着ているかわからない。まるで黒いてるてる坊主だ。杖をついてコンビニ袋を提げ、「ちょっとそこまで」という雰囲気で、何食わぬ顔で病院を抜け出し、タクシーに乗ったんだ。

「タケ爺、どこ行くの?」

僕が聞いてもタケ爺は答えない。黙ってシートに体を預けて、車窓を流れる夜景を眺め続けている。

二十分ほど走ると、道路の正面の真ん中に、いきなりスカイツリーが見えたと思ったら、タケ爺はタクシーを止めた。

そこには、周囲からかけ離れたイメージの、古い建物が二軒並んで建っていた。タケ爺は杖をつきながら『桜肉鍋』という巨大な看板と、赤い桜のマークの中心に『肉』と赤い字で書かれ、左下に『中江《なかえ》』と白字で書かれた紺色の暖簾をくぐった。

「いらっしゃいませ」

着物姿の、女将さんらしき人が出迎えた。

「予約した武村です」

「はい、承っております。どうぞ奥へ」

タケ爺は靴を脱いで棚に入れ、細長く仕切られた奥の部屋に向かった。途中、馬の絵が四枚飾ってあったんでピンと来たんだけど、桜肉って馬肉のことだ。

フランスでも、馬肉をよく食べる地域があるので、僕も子供の頃、一度だけ食べたことがある。レアステーキで、真っ赤な身が子供心に少し気味が悪かったんだけど、「馬肉は体温が高いので、生でも食べられるから平気だよ」ってパパが教えてくれた。ガーリックが効き過ぎてて、肉の味はよく覚えていない。たぶん牛や豚のように癖がなく、あっさりした味だったんで、記憶に残らなかったんだと思う。

座席は全て、テーブルは低いけれど、床がくり抜いてあって足が下ろせるようになっている。「掘りごたつ式」っていうやつだ。子供の頃、パリの日本料理屋で見たことがある。

タケ爺は奥に座ると、「ふぅ〜」っと息をついて壁に背をもたせかけた。まだ身体が辛いんじゃないのかなぁ。

オーダーを取りに来たのは、丸顔でメガネをかけた、優しそうなおじさんだった。きっとご主人なのだろう。タケ爺は懐かしそうに目を細めてそのおじさんの顔を眺めると、メニューも見ずに、桜なべのバラ肉とザクと、ユッケと焼酎のお湯割りを注文した。

「お酒はまだ止めておいた方がいいんじゃないの？」

先に運ばれて来た、湯気の立つグラスを見て僕は言った。

「構わんだろう」

タケ爺はつぶやいて、グラスに口をつけた。

「お孫さんですか？」

ご主人がにこやかに僕を見た。

「ええ、一人旅が寂しくて、連れて来てしまいました」

タケ爺が言い、ご主人は、

「それは心強いですね。ごゆっくりどうぞ」

次の皿を取りに行った。

「当店名物、タロタロユッケでございます」

運ばれてきたのは、卵の黄身が乗せられた生肉のたたきだった。

「これって、タルタルステーキのこと？」

僕はご主人に聞いた。

「タルタルステーキも韓国のユッケも、ルーツは同じらしいですが、日本でステーキというと、どうしても焼いた分厚い肉を思い浮かべてしまいます。生肉を叩いた料理といえば、ユッケの方が馴染みがあるんです。昔、岡本太郎《おかもとたろう》という有名な芸術家が、留学先で食べたタルタルステーキが忘れられず、当店で作るよう先代の時代にオーダーされたメニューですので、タルタルと太郎をかけて、タロタロユッケ、と名付けました」

「Je vois（なるほど）」

そのあと、浅くて底が平らな一人用の小さな鉄鍋と、赤と白がくっきりと色分けされた桜肉、鍋の具の盛り合わせが運ばれてきた。

桜なべのバラ肉は、肉の半分が脂身で、

「年寄りがこんなの食べて大丈夫？」

思わず注意した。

「平気平気」

タケ爺は味噌ダレで脂身を煮ている間、ユッケをつまんでは焼酎を飲んでいた。脂身が飴色になると、一口食べてはお湯割りを含み、とろけるような笑顔を見せてはじっくりと時間をかけて咀嚼《そしやく》し、最後は残った汁で溶き卵を半熟程度に煮て、ご飯にかけて平らげた。焼酎の空きグラスは四つになっていた。

「さて、行くか」

タケ爺が立ち上がった。

――あれ手帳は？

予約してあったからって、わざわざ病院を抜け出して来るぐらいだから、きっとこの店の桜なべが『死ぬ前に食べたいものリスト』に入ってたんだろうと思いきや、いつも肌身離さず持ち歩いている手帳を持って来ている気配もない。

ふらつきながらお勘定を済ませて店を出ると、タケ爺はスカイツリーを見ながら大きく息を吸い込んだ。そういえば最近、トイレが近くなったとぼやいていたわりに、焼酎のお湯割りを四杯も飲んで、そのまま店を出て来ちゃったけど、平気なのかな？

――Bizarre《ビザール》（奇妙だ）。タケ爺の考えていることがわからない。

待っていた信号が青になった。横断歩道を二つ渡って、反対車線でタクシーを拾うのかと思いきや、タケ爺はふらふらと奥に生えている柳の木に近づき、幹を撫でた。

「立派になったたなぁ」

よく見ると木の下の方に『見返り柳』と書かれたプレートがあり、解説が書いてあった。旧吉原遊廓で遊んだ客が、遊女との別れを惜しんで後ろを振り返ったからついた名前なのだそうだ。ただしこの木は江戸時代からあるものではなく、地震や空襲で何度か焼けて、植え直されたものらしい。

吉原遊廓のことは知っている。タケ爺が昭和の頃に制作された時代劇をしょっちゅう観ているので、爺ちゃんっ子の僕は自然と時代劇オタクになった。

だからと言って、その知識を周囲にひけらかすことはなかったんだけど、日本の大人気アニメ『鬼滅の刃 遊郭編』がフランスで放送された時は大騒ぎだった。友達がみんな、遊廓のことを聞きたがったからだ。

着飾った花魁《おいらん》が男性客を接待したり、少女の頃に売られて来て身体を売ったりする場所で、江戸時代に国が認めた〝quartier rouge《カルティエ ルージュ》（歓楽街）〟、だと説明すると、みんなはカルチャーショックを受けたようだった。

タケ爺は質問に答えず、黙ってくの字に曲がった道を、杖を頼りにゆっくりと進み始めた。右手前方に交番が見えたところでタケ爺は立ち止まり、左側を向いて深々とお辞儀をした。パーキングと、ただ二階建ての民家が建っているだけなのに。

次に『よし原大門　ＯＨＭＯＮ』と書かれた、木目調の四角い鉄柱を撫で、道の向こう側にも同じように建っている鉄柱の、てっぺんとてっぺんを結ぶ真ん中あたりの夜空を見上げて、うっとりと目を細めた。

ほんと、何やってんだろう？

さらに道を進むと、タケ爺が不意に立ち止まった。杖がタケ爺の手から離れ、地面に転がった。

「ない……そんなバカな……！」

タケ爺は前のめりになりながら、ヨタヨタと歩き始めた。明らかに気が動転していた。

左右に広がる通りに足を踏み入れては、

「ないっ、ここも違う！」

ブツブツと小声で吐き捨てている。

「タケ爺！　落ち着きなよ！」

よく見るとタケ爺の左手は、真っ黒なレインコートの上から自分の股ぐらをつかんでいた。トイレも限界に違いない。なんでお店で済ませて来なかったのか。

「ダメだよ、そんな滅茶苦茶に歩き回っちゃ！　危ないって！」

タケ爺は僕が止めるのも聞かず、車道に飛び出した。その時だ。僕たちは目も眩《くら》むような閃光に包まれた。


キキーッッ！！！

急ブレーキの音が闇をつんざいた。

第二章　Gと爺、江戸へ行く　GtoG、edo e iku

「えっ！！」

二人同時に大声が出た。

深夜だというのに、右往左往して逃げ惑う多くの人々。皆、日本髪を結って、着物をたくさん着込んで、大きな風呂敷包みを背負っている。中には、布団を丸めて担いでいる人や、神棚を背負っている人、肌着に着物を羽織っただけの姿で手を取り合うカップル、前と後ろに赤子と幼児を巻きつけ、さらに幼子の手を引くおばさんもいる。

「何、これ？　撮影？」

時代劇で、たまーにこういうシーンを目にしたことがある。そう、火事だ。

「火事だぁー!!」

――ほら、やっぱり。

高い櫓《やぐら》の上から男の声がし、半鐘《はんしょう》が激しく打ち鳴らされた。

見上げると、奥の建物から火の粉が上がり、モクモクと黒い煙が広がっている。しかもその煙が僕たちのいる方にたなびいていて、火が生き物か何かのように、みるみるこっちに迫ってくる。

「危ねえぞ！　火元は江戸町《えどちょう》二丁目だ！　早く逃げろ！」

半纏《はんてん》を着た男が巨大な木槌《きづち》を持って、燃えている方へ走って行った。

「本物だよタケ爺！　本物の火事だ！　っていうか、ここはどこ？　さっきまで人なんてほとんどいなかったのに、どこからこんなに大勢湧いて出たの？　木造の建物ばっかりになってるし、ビルは？」

「落ち着きなさい。……慌てんでもいい、大門《おおもん》は混み合ってるし、火に近い。西河岸《にしがし》へ向かうんだ」

タケ爺は突然景色が変わったことに驚きもせず、大通りを逃げてくる人々と反対方向に歩き、角を曲がった。

「本当にこっちでいいの？」

「ああ。勝手知ったるなんとやら、だ」

勝手知ったるって、こんなヘンテコな場所、なんで知ってるんだろう？　……わかった！　昔、広告代理店に勤めてたから、きっとここって、どこかのテーマパークか何かのアトラクションなんだ。『バックドラフト』の時代劇版、みたいな。街が早変わりするのも仕掛けで、タケ爺ってば僕を驚かせたくて、こんな場所に連れてきたに違いない。

と、建物が崩れ落ちる大きな音がした。思わず振り返ると、今しがた僕たちとすれ違っていった人々が、猛烈な勢いで戻ってきた。まるで巨大なGODZILLA《ゴジラ》に追いかけられて、必死に逃げる群衆、みたいな感じだ。

彼らの背後に見える火がさらに大きくなっていて、みるみるうちに建物を飲み込んでいく。木造だから火が移るのが早いんだ。
五、六人の若い女性を従えた恰幅のいいおじさんが、
「冗談じゃない！　あんな押し合いへし合い、混じってるうちに煙に巻かれておっ死《ち》ぬか、転んで潰されるかのどっちかじゃないか！」

ブツブツと文句を言いながら小走りで戻ってきた。

「タケ爺……これって、本物なの？」

「ああそうだ。ここは江戸時代の吉原遊廓だ。タイムスリップしたんだ」

「タイムスリップ⁉」

タケ爺が道路にふらふらと出て行って、モロにヘッドライトを浴びて、轢《ひ》かれる！

と思った瞬間、ここにいて。……なんで？

「爺ちゃんは二回目だけどな。何がどうなったのかはわからんが、ともあれ来られて良かった。ただ、今がいつなのか、それが問題だ……」

一回フリーズ。なんだかわかんないけど、とにかくここは、江戸時代の吉原遊廓って設定で理解するしかない。


通りの奥までたどり着くと、半纏を着た男たちが、十手《じって》を持った役人（時代劇で観る「八丁堀《はっちょうぼり》」って呼ばれている役人より、ちょんまげが小さい）の指示で、幅三メートルほどの門の鍵を開けていた。その向こうには真っ黒な川が流れていて、川の途中までしかない橋が見えていた。どうやら橋は真ん中で折りたたまれているようだ。

男たちが三人がかりで橋を持ち上げ、奥側に倒すと、派手な水しぶきが上がり、向こう岸までの橋が渡された。

「おお！」

人々の歓声が上がった。

役人が門の真ん中に立ち、

「よいか皆の者、今宵《こよい》はここから逃げても良いが、明日巳《み》の刻《こく》には火もおさまっていよう。吉原にて働く者は、必ず大門に戻って参れ。来なかった者は草の根分けても捜し出す。その時は、厳しい咎めが待っているものと心得よ。よいな！」

「はい」

皆は口々に返事をした。

「ではこれより、男衆《おとこし》はこのまま出て行って構わぬ。女衆は、素性を控えた者から出してやるゆえ、こちらに並べ」

役人が門から退《ど》いた途端、男たちが門に殺到した。女たちは素直に列に並び、丁子屋《ちょうじや》抱えの雛菊《ひなぎく》にございます」などと役人に名乗り、書き終わった人から門に向かってい
る。

「なんで男の人はフリーパスで、女の人はチェックされるの？」

タケ爺に疑問をぶつけると、

「男は客か使用人だから、客ならそのまま帰ればいいし、使用人は仕事をなくすわけに

はいかないから戻ってくる。けれど女性は遊女か使用人だ。元々ここは、遊女が逃げ出さないように、周りを高い塀と、広いドブで囲われていて、普段は入口が一つだけ。それが『吉原大門』だ。そこでは女性の出入りが厳しくチェックされている」

「あの川みたいなのが『お歯黒ドブ』ってやつ？」

「そうだ。この場所を作る時に掘った、人工のドブだ。今は緊急事態だからどこへ行こうと勝手だが、借金を抱えたまままいなくなられては、雇い主は大損だ。だから、誰がここから出て行ったのか、控えておくというわけだ」

「逃げたまま帰ってこなかったらどうなるの？　厳しい咎めって何？」

ところがタケ爺は、僕の質問を無視して、列に並んでいる女の人に声をかけた。

「あいすみません。ひとつ、お尋ねしたいのですが……」

「あい」

振り返った女性の顔が強張《こわば》った。そりゃあそうだろう。全身黒ずくめの、レインコートの爺さんに声をかけられたのだから。

「私は僧侶です。身分を隠すためにこんな格好をしておりますが、怪しい者ではありません」

僧侶と聞いて安心したのか、女の人がふっと笑みを漏らした。よく見ると顔立ちが整っていて、とてもコケティッシュだ。売れっ子の遊女なのかもしれない。

「今日は何年の何月何日で、なんとおっしゃる公方様《くぼうさま》の治世でしょうか？」

「え……？」

女の人の眉が再び曇った。

「実は、山奥での長年の修行を終えて帰って来たばかりで、俗世のことがよくわからないのです」

は？　タケ爺は何を言ってるんだ？

「長年の修行……？　ああ、それで髪が伸びていんすのか。しかも早速、吉原《なか》にお越しとは……」

「はい。生臭坊主なもので、いくら修行しても煩悩は断ち切れない、ということが、よくわかりました」

「まぁ……」

女の人が袖で口元を隠して笑った。可憐だ。と、彼女の順番が回って来た。

「寛政《かんせい》六年四月二日。十一代の家斉《いえなり》様の治世でありんすよ」

女の人はタケ爺にそれだけ告げると、振り返って役人の前に立った。

「玉屋《たまや》の小紫《こむらさき》と申しんす」

役人がハッと顔を上げた。有名人なのだろうか。

「寛政六年四月！　よしっ、間に合った‼」

タケ爺がその場でガッツポーズを取った。何がそんなに嬉しいのだろう？

「G、行こう！」

タケ爺は踵を返した。

「行くってどこへ？　橋を渡って逃げないの？」

「避難口は確認できたんだ。逃げ遅れた人々を助けに行くぞ！」

Oh mon Dieu《オーモンデュー》（Oh my God）！　イカれた爺さんだ。


仲之町に戻ると、大門に向かって走りながら、

「西河岸の門が開きました！　橋を渡って逃げられます！」

人々に声をかけて回った。途中、転んだ人を助け起こしたり、荷物を背負い過ぎて身動きできなくなった人の風呂敷の結び目を解《ほど》いてあげたりしながら、大門前で押し合う

人々の後方から、西河岸への誘導を始めた。

混雑が緩んだところで、僕たちも引き返そうとした時、

「うう……」

瓦礫《がれき》の中からうめき声が聞こえた。

タケ爺が上にかぶさった板戸を退《ど》けると、紫色の羽織を着た男が簞笥《たんす》に足を挟まれ、うつ伏せに倒れていた。

タケ爺は素早くそばにあった木材を拾い上げ、紫羽織の男が挟まれている隙間に木材の先を突っ込み、テコの原理で簞笥を持ち上げた。

「今です！　早く抜け出してください！」

驚いた。ほんの三十分前まで杖をついて歩いていたタケ爺が、なんでこんなに機敏に動けるんだろう？　これがまさしく〝火事場の馬鹿力〟ってやつなのか。

紫羽織の男は匍匐《ほふく》前進するように、腕の力で瓦礫から這い出した。タケ爺が腕を引っ張って助け起こした瞬間、火を噴きながら落ちてきた仏壇が、今しがた男が這いつくばっていた場所に、ドゴン！　と突き刺さった。

「危なかったー」

もし一瞬でも遅れてたら、スプラッタになった上に丸焼けだ。

「ありがとうございました！」

紫羽織の男が、ブルブルと震えながらタケ爺の腕にしがみついて顔を上げた。途端に
タケ爺が目を丸くした。

「歌麿《うたまろ》さん！　あなたでしたか……」

――え？　ちょっと待って。歌麿って、あの⁉

さすがに浮世絵師の喜多川《きたがわ》歌麿の名前は僕でも知ってる。今も昔も、フランスでは日本の浮世絵は大人気だ。葛飾北斎《かつしかほくさい》、東洲斎写楽《とうしゅうさいしゃらく》、歌川広重《うたがわひろしげ》ぐらいまでなら、代表作を思い浮かべられる。

歌麿は不思議そうに首を傾げ、まじまじとタケ爺の顔を見た。

「……タケ……さん？」

――えええっ‼　歌麿もタケ爺を知ってるの？

「はい！」

タケ爺が力一杯返事をした。

「戻って……いらしたのですね！」

戻ってってことは、タケ爺のタイムスリップが二回目だってのは、本当に本当のことなんだ。

「こちらの世界では八年ぶりでございますね」

タケ爺が目を細めた。

「その、お姿は……？」

「これが今の私の姿でございます」

「髪が生えたのですね」

「はい……」

ん？　髪？　どういうこと？

「積もる話は後にして、まずはここから逃げましょう。歩けますか？」

歌麿は立ち上がろうとして「うっ」と顔をしかめた。

――ヒエ～ッ!!

見ると、左のふくらはぎが十センチほど裂けて、血が滴っている。

タケ爺は風上側に歌麿を引きずっていき、バッとレインコートを脱ぎ捨てた。身体に斜めに巻いたボディバッグを開けて、フリーザーバッグに入った消毒液とガーゼとスキ

ンステイプラー（医療用ホッチキス）と包帯を取り出すと、歌麿の患部に消毒液を噴き付けてガーゼで拭《ぬぐ》い、

「我慢してくださいね」

傷口を指で閉じ合わせ、スキンステイプラーでバチバチと留め始めた。

――すごい！　タケ爺格好いい!!　こんなことできたの、知らなかった……。

歌麿は顔をしかめて耐えているけれど、麻酔もなしに針で留めるなんて、見ているだけで痛そうだ。

続いてタケ爺は、新しいガーゼに消毒液を噴きかけて、塞いだ傷に被せると、包帯をしっかりと巻きつけた。

「タケさん、これは……？」

「未来の道具ですよ。これで血が止まるはずです。私が支えますから、踏ん張ってください。大門はすぐそこです」

「はい」

タケ爺は歌麿を立ち上がらせ、肩を支えて歩き出した。すでにほとんどの人々は逃げ終えていて、大門を悠々と抜けられた。

その先の大きく曲がった道の両側に、揃いの半纏を着た男たちが並び立っていた。

――町火消しだ。

それも何組かいるようで、左右の並びで半纏の模様が違う。

「でぇじょぶか⁉」

手前にいた、体格のいい中年の町火消しが、すぐさま駆け寄って来た。歌麿の様子を見て、背中を向けてしゃがみ、

「どうぞ」

と声をかけた。タケ爺は慎重に、歌麿の身体を町火消しに背負わせ、並んで歩き始めた。

「これだけの人数の町火消しが待機していながら、なぜ中に入って助けないのです？」

タケ爺は責めるように聞いた。通りに並ぶ建物の屋根の上には、一軒の茶屋につき一組の纏《まとい》持《も》ちが陣取っていて、纏を寝かせたまま待機している。

「入ってはいけない決まりでもあるのでしょうか？」

「ご隠居さん、よその人だね？」

町火消しが気の毒そうに聞き返した。

「ええ。ここに来るのは八年ぶりですが」

「そりゃあ間の悪い。せっかく来なさったのに」

「それはまあ、遊びに来たわけではないので構わないのですが……」

町火消しは不思議そうにタケ爺の顔を眺めたけれど、面倒だと思ったのかそれ以上は聞かず、タケ爺の質問に答え始めた。

「いえね、焼け残ると仮宅営業の許可が下りないんで、完全に焼け落ちるのを待ってんでさぁ。吉原ン中にも火消しはいますが、全焼するよう、瓦礫を火にくべるのが役目で。あっしらはこうして怪我人を助けるか、大門を越えて飛び火するようなら、手前の茶屋を打ち壊して延焼を防ぎやす」

「それだけ仮宅営業は儲かる、というわけですか」

「そりゃあまぁ、なんだかんだ言ったって、町中からここまで来るのは不便ですからね。仮宅は余計なしきたりがない分、手っ取り早く、安く遊べるってもんで、客が大勢押しかけやす。それに女たちも、近所に出かけたり、芝居を見に行ったりと、ちぃっと羽を伸ばせやす」

「そういうものでございますか」

「……で、このお方は、どちらへお運びしやしょう？」

歌麿は安心したのか、町火消しの背で意識を失っていた。

「通油町《とおりあぶらちょう》の蔦屋耕書堂《つたやこうしょどう》までお願いします」

「ああ、蔦重《つたじゅう》さんの……。ひょっとして、あっしが今、おぶってるこの方は……」

「歌麿さんですよ」

「左様でしたか！　紫羽織なんて洒落たもん着てなさるんで、芝居者か何かとは思ってやしたが……。そりゃあ恐れ多いこって」

やっぱり、歌麿ってこの時代でもすでに有名人なんだ。

タケ爺のこの慣れ親しんだ感じを見ていると（言葉遣いもいつもと違ってバカ丁寧だし）、二度目のタイムスリップはいよいよ本当なんだろう。ＡＩがどんな映像も瞬時に作ってしまえる時代になったとはいえ、さすがにここまでは……。それとも、僕の知らないだけで日本の技術がここまで進んでたとか……。

「吉原が丸焼けで、歌麿が怪我して運び込まれたって⁉」

他の男たちに比べれば長身で、彫りの深い、ドS顔の中年の男が座敷に飛び込んで来た。

僕たちは吉原遊郭から一時間ほど歩いて、蔦屋耕書堂という本屋にたどり着いた。

店から出て来た番頭さんは町火消しから事情を聞き、背負われてぐったりしている歌麿を見るや、すぐさま二階の奥座敷に通し、布団を敷いてくれた。町火消しは歌麿を布団に寝かせると帰ってゆき、僕たちと番頭さんが部屋に残っていたのだ。

「誰だ、その爺さん？」

男が眉間にしわを寄せ、番頭さんに聞いた。

「旦那様のお知り合いでは……？」

番頭さんがタケ爺を振り返った。

「蔦重さん……」

タケ爺は潤んだ目で蔦重を見上げた。

「おま……」

蔦重が目を見開き、

「まさか、タケか⁉」

素《す》っ頓狂《とんきょう》な声を上げると、タケ爺の前に片膝をつき、顔を突き合わせた。

「はい……」

途端にタケ爺の目からボタボタと涙がこぼれ落ちた。

「ずいぶんとまぁ、老け込んじまって」

蔦重は懐から手ぬぐいを取り出し、タケ爺の顔に押し付け、

「爺さんになっても泣き虫は変わらねぇな」

懐かしげに目を細めた。タケ爺は手ぬぐいで目頭を押さえ、洟《はな》をすすった。

「下がっていいぞ」

蔦重が番頭さんに告げ、番頭さんは一礼してそっと部屋を出て行った。

「……私の世界では……あれから何十年も経ちました」

泣き止んだタケ爺が、手ぬぐいを外して顔を上げた。

「つったって二十四、五の小僧がよぉ。……玉手箱でも開けたんじゃねえだろうな？」

タケ爺は首を横に振った。

「あの時でさえ、実際の年齢は五十五歳でございました。お稲荷さんのバチが当たって、若返らされてはおりましたが……」

「つるっぱげだったしな」

出た。また髪の話だ。

「今回は、粗相《そそう》をしたわけではないので、お歯黒ドブに落とされることも、若返ることも、頭を丸めることもなく、そのままの姿でやって来ることができました」

「ってことは、しょんべん引っ掛けて来たわけじゃねえってことか」

？　……え～っと、これまでの話をまとめると、タケ爺はこの時代の今から八年前、東京の吉原ソープ街にあったお稲荷さんにオシッコを引っ掛けて、バチが当たって江戸の吉原遊郭にタイムスリップさせられた、と。それも二十代半ばの丸坊主姿になって、さっき見た、黒い川みたいなでっかいドブに落とされたってことだ。

そうか、わかった！　タケ爺は、もう一度ここへ来たくて、桜なべ屋でたらふく飲んでトイレにも行かず、尿意を我慢して、お稲荷さんを探すために吉原を徘徊してたんだ。

でも、なんで？

「なら、どうやって来たんだ？」

蔦重が腰を下ろした。

「その……転んだ拍子に……」

タケ爺は車に轢かれかけたことを言わなかった。江戸時代の人間に自動車を説明するのが面倒だったんだと思うけど。

「なんだ、そんなに簡単に来られるんなら、もっと頻繁に顔を出しゃあ良かったじゃねえか」

「いえ、実は未来に戻ってから、フランスに移住することに決めて、そこで料理屋を開いたのです」

「フランスって、どこにあるんだ？」

「世界地図をご覧になったことがございますか？」

「当然だ。俺を誰だと思ってる？　ちょうど半年ほど前には、おろしや国《こく》に漂流して、ほぼ十年がかりで戻った伊勢《いせ》の漁師が、公方様《くぼうさま》に謁見《えっけん》するってんで、江戸はえらい騒ぎだったんだ。おろしや国がどこにあるか、チンケな地図を載せた瓦版《かわらばん》が出回った。すぐに没収されたがな。日本国に比べておろしや国があまりに大きいんで、みんな仰天《ぎょうてん》してたぜ」

「その、おろしや国の首都モスクワの、さらに西にある、ポルトガルとスペインの手前がフランスでございます」

——ああ！　おろしや国って何かと思ったら、ロシアのことか！

「ずいぶんと遠いところへ行ったもんだぜ。そりゃあこっちに来られないのも無理ねえな」

「未来なら、一日あればたどり着けます。二、三年に一度は日本に帰ってきていたのでございますが、いつも予定が一杯で、江戸に来る余裕がありませんでした」

「店は繁盛してんのかい」

「おかげさまで。これもあなたが、私に料理人の道筋をつけてくださったおかげでございます」

「そりゃあ良かった」

つまりこの男・蔦重が、タケ爺の天分を見つけてくれた上に、命の恩人ってことか。

「……で、壺の中身は読んだのか？」

「はい。未来に戻って半年後、いよいよフランスに旅立つという日の朝、掘り出しました。蜻蛉《かげろう》さんも菊乃《きくの》さんも無事で良かった。それに、お墨付きをありがとうございました。おかげでその後の人生の励みになりました」

「ほんとか？　歌麿の下絵を取り上げられて、悔しがってたんじゃねえのか？」

「とんでもない。落とし噺《ばなし》の『ぬす人』の心境で、気が気ではなかったので、いっそ清々《せいせい》致しました」

「ああ、水屋が富くじを当てる噺か。……なるほどな」

蔦重はニヤニヤしている。

「やせ我慢ではありませんよ。私にとっては歌麿さんの下絵より、あなたからの手紙の方が何百倍もの価値がありました」

と、

「私の下絵とは、なんのことです？」

歌麿が目を覚ました。

「歌！　具合はどうだ？」

蔦重がにじり寄った。

「瓦礫の下敷きになっていたところを、タケさんに助けていただきました。少しでも遅かったら私は……。タケさんは、命の恩人でございます」

「ほう。今度はおめえが、歌の命を救ったのか。でかしたぞ、タケ」

タケ爺はうなずき、

「足の怪我は痛みますか？」

上掛けをめくって歌麿の足首をそっと持ち上げ、患部を確かめた。怪我をした左足のふくらはぎの下には、血で汚れないよう、タケ爺のレインコートが敷かれている。

歌麿は顔をしかめた。包帯に血は滲んではいるが、広がっている様子はない。

「こりゃあ、おめえが手当てしたのか？」

蔦重がキッチリと巻かれた包帯を見て、感心して言った。僕が火事場で見かけた怪我人たちは、伸縮性のなさそうな白い布を巻いていたため、皆、ゴワゴワしていて不格好だった。

「しばらくは動かさない方がいいでしょう。消毒して、包帯も毎日変えた方がいい。……歌麿さんが動けるようになるまで、ここで看病させていただけませんか？」

タケ爺が蔦重を見上げた。

「そりゃあ、おめえが看病してくれるんなら願ったりだが……」

「良かった」

「ところでタケ、さっきからこっちを窺ってる、その小僧っ子は誰だ？」

タケ爺は僕を蔦重の前に押し出した。

「ああ、申し遅れました。孫のジェラールでございます」

「孫だぁ？　似てねぇな。髪も茶色いし」

「娘がフランス人に嫁いで生まれた子でして」

「毛唐《けとう》の子か？　そりゃあさぞかし虐められただろう」

「そんなことないよ！」

僕は蔦重の前で初めて声を出した。なんで僕が虐められなきゃならないんだ。

「蔦重さん、未来では外国人と夫婦《めおと》になることは、決して珍しいことでも、恥ずべきことでもないのでございます」

「そんなもんかい。まあしかしあれだな。ここじゃあ人前に出さない方が無難だな」

「心得ております／なんでだよ！」

タケ爺の返事と、僕のツッコミが重なった。

「なんでっておまえ、その出で立ちじゃ当然だろうが」

「おまえって言うな！」

「こら、G！　わきまえなさい」

タケ爺が僕を叱った。

「ほぉう。ずいぶんと威勢のいい小僧だ」

「小僧じゃない。僕の名前はジェラール、もしくはGだ」

「ぜらある？　ぜい？　どっちにしても呼びにくい名前だな。小僧が嫌なら孫でいいだろう。……おい、孫。ここに置いてやるから、でしゃばんじゃねえぞ。姿を見せていいのは、俺と歌麿の前だけだ。いいな」

さらに口を開きかけた僕を、タケ爺が押し黙らせた。


用意された部屋に通された途端、僕は不満を吐き散らした。

「なんだよ、あいつ！　偉そうだし強引だしドS顔だし。なんで僕がコソコソ隠れてなきゃいけないんだ！」

隣の部屋に寝ている歌麿の手当てをし終えて、浴衣に着替えたタケ爺は、嬉しげに布団を整えていた。

「まあまあ落ち着きなさい。ここは江戸なんだから、Gを人目に晒《さら》したら騒ぎになるのはわかるだろう」

「それはそうかもしれないけどさ。……それよりタケ爺、何もかもがちんぷんかんぷんなんだけど、ちゃんと説明してくれる？」

「懐かしいなぁ、この綿布団の感触と匂い」

タケ爺は僕の怒りなんてそっちのけで、早速布団に潜り込んだ。

「そんなぺったんこの布団に、よく寝られるね」

普段はふかふかの、シモンズのベッドに寝ているくせに。

「畳の上に、この煎餅《せんべい》布団で寝るのがいいんだよ。子供の頃を思い出す」

「そんなことより確認させて。タケ爺が五十五歳の時に一度、ここにタイムスリップしたことはわかった。ちょうど僕が生まれた頃のあの話でしょう？　マミーとママンが時々思い出してるやつ。タケ爺が日本で大怪我して入院したっていうんで、慌ててBébé《べべ》（赤ん坊）の僕を連れて帰国したら、三ヶ月間意識不明だったって。あの時がそうだったんだよね？」

「そうだ。会社からリストラまがいの打診をされ、今夜行った桜なべ屋でヤケ酒を飲んで、酔っ払った勢いで鳥居の絵に立ちションベンして『やり直したい！』って叫んだら、次の瞬間地面が消えて、いきなりドブで溺れてたんだ」

「それを助けてくれたのがさっきの蔦重で、タケ爺はなぜか若返って、丸坊主だった、と」

「そうだ。『頭を丸めてお前の人生やり直せ』ってことだったんだと思う」

「なるほどねぇ。でもさ、頭を丸めて、ってのはまだわかるけど、なんで若返らされたの?」

「それはな、江戸で暮らしてみてわかることなんだが、ここでの五十五歳というのは、もう隠居する歳なんだ。人生をやり直そうにも、いたわられてしまう。その点、見かけが二十四、五歳というのは鍛えられ甲斐があったってもんだ。当初は、二十歳近くも年下の蔦重に、命の恩人を盾にいいように使われ、わけもわからず叱られ、殴られて、逃げ出そうとしたぐらいだ」

「どうして逃げなかったの?」

「まずは、他に行くところがなかったというのが一つ。蔦重は、爺ちゃんが未来から来た中年男とわかった上で雇ってくれたんだ。第二に、蔦重の行動には全て、考え抜いた上での深い意味があったからだ。また、それを教えてくれる、歌麿という世話役もいてくれたしな」

「歌麿って、蔦重の家来なの？」

「〃家来〃って……。歌麿が聞いたら怒るぞ。戦国時代と江戸時代の区別もつかんのか？」

「だってどっちも時代劇じゃん。違いなんかわかんないよ」

タケ爺はため息をついた。

「いいか、戦国時代ってのは日本各地で内乱が起き、天下を取るために、戦国大名が鎧兜《よろいかぶと》を着けて戦っていた時代だ。江戸時代というのは徳川家康が豊臣家に勝利し、天下統一を果たして徳川幕府を開いた時代だ。およそ二百五十年もの間、戦争がなかった平和な時代だったから、様々な文化が生まれたんだ」

「Ah ouais《アウエ》（そうなんだ）」

「爺ちゃんがタイムスリップしたのは一七八五年のことだった。十代将軍・徳川家治《いえはる》の時代だ。当時蔦重は三十半ば。吉原で生まれた蔦重は、二十代前半に吉原大門前で貸本屋を始め、やがて自ら出版社を始めて成功し、十年目に日本橋《にほんばし》に本店を構えて、三年が経った頃だった。当時、歌麿は妻りよと、吉原にある蔦屋耕書堂の支店に住んでいた。

二人は吉原の茶屋で開催されていた狂歌連《れん》に通い、歌麿を売り出す仕掛けを色々と考えていた時だったんだ」

「デビュー前の歌麿に会ったってこと？」

「作品は描いておったが、本格的に売り出す前、といったところだな。残念ながらそれを見る前に、現代に戻ってしまったんだが」

「他には？　誰か有名人に会った？」

「ああ。蔦重は著名な絵師や戯作者《げさくしゃ》をたくさん手がけていたからな。そうだな、Gが名前を知っているほどの有名人となると……。東京に戻ってから知ったんだが、後の葛飾北斎や、東洲斎写楽には会ったぞ」

「すごいじゃない！　広重が入ればパーフェクトだ」

「浮世絵師四天王か。だが歌川広重は、蔦重が亡くなった年に生まれているから、会えるはずもない」

「そうなんだ」

「その代わり、当時はまだいなかったが、今この店に、お前も知っている有名人が、少なくとも二人は出入りしているはずだ」

「誰!?」

僕は喜び勇んで尋ねた。

「すまんが今夜はここまでだ。さすがにくたびれたから、もう休ませてくれ。いいか、蔦重に二度と生意気な口を叩くんじゃないぞ」

「わかったよ。おやすみ、タケ爺」

「ああ、おやすみ……」

タケ爺は布団に潜って身体を丸めると、すぐさま大いびきをかき始めた。

第三章　傲慢の行方　Gouman no yukue

翌朝、日の出とともに人々が起き出す気配がした。往来も騒がしく、朝日が差し込む障子窓の向こうで、物売りの声がする。

僕は徐々に明るくなってゆく日差しを心地よく浴びながら、死んだように眠り続けるタケ爺を見下ろした。

昨日は飯田橋の病院で検査結果を聞いて、桜なべを食べに行って、火事の最中の江戸の吉原にタイムスリップして、歌麿を助けて、手当てして、日本橋まで歩いたのだから、ヘトヘトになるのは当然だ。つい数日前にも、疲労で緊急入院したばかりなのに……。

一時間ほど経った頃、襖《ふすま》が勢いよく開き、

「タケ、朝だぞ。いつまで寝てやがんだ？」

蔦重が丸盆を手に、仁王立《におうだ》ちしていた。盆には水を張った鉢と手ぬぐい、不思議な形をした箸より短い木の棒と、四角い紙の袋が乗っている。

「なんだ孫、起きてたのか」

僕と目が合い、蔦重はぶっきらぼうに言った。

「タケ爺は年寄りで、昨日は大活躍だったんだから、もう少し寝かせておいてあげてよ」

蔦重は盆をタケ爺の枕元に置くと、気の毒そうに見下ろした。みんなタケ爺に毛が生えていることを驚いていたけれど、朝日を浴びてテカっている後頭部の毛は薄くなっていて、隙間から大小のホクロが並んでいるのが見える。

「そうだな……。まぁ、今回は客人だし、朝飯は部屋に運ばせるとするか」

「タケ爺はあまり食べないだろうから、一人分でいいよ」

「おめえは食うのか？」

「食べちゃ悪い？」

蔦重はじっと僕を見据えた。

――しまった。つい、いつもの口答え癖が出て、生意気な口利《き》いちゃった。

「……ったく、タケの孫とは思えねえなぁ。目上の人間に対する態度や言葉遣いってもんを、教わらなかったのか？」

「敬語を使えってこと？　それは無理だよ。僕はずっとパリに住んでるんだから、母国語はフランス語で、家族の間でしか日本語を使わないし、ましてや敬語なんて……」

僕は開き直った。

「なるほどな」

素っ気なく、蔦重は背を向けて立ち去ろうとした。

「怒らないの？　タケ爺が初めて江戸へ来た時は、わけもわからず叱られたって言ってたけど」

「理屈にあぐらをかいて、学ぶ気がない奴は叱らねえよ」

「どういう意味？」

「叱り甲斐がねえってこった。叱るってのはよ、結構労力がかかるもんなんだぜ。それをおめえにしてやる義理はねえって言ってんだ。……タケの場合は、うちの使用人になるって言うから、モノになるように鍛えてやってたんだ。耕書堂の看板に泥を塗られても困るしな。タケも最初はうだうだ言ってたが、ここで生きて行くために、己で努力して仕事を覚え、こっちの文字も読めるようになった。郷に従い、やる気を見せりゃあ人様に後押しされ、見識も広がるってもんだ」

「Monsieur《ムッシュ》が、タケ爺の天分を見つけ、育てたの？」

「虫？」

蔦重は眉間にシワを寄せた。

「違うよ。虫じゃなくて、ムッシュ」

「むしゅ？」

さらに首を傾《かし》げたけど、

「フランス語で〝旦那様〟って意味だよ」

投げやりに言うと、蔦重の表情が柔らぎ、口の端を上げた。

「おめえなりの敬意ってことか」

「うん、まぁ……」

「素直なとこはタケ譲りだな」

蔦重がニヤニヤと笑い、

「まあ、俺はただ、恩送りをしただけだがな」

鼻を鳴らした。蔦重はよほど顔の筋肉が柔らかいのか、表情がコロコロ変わる。

「Je vois」

「じょば？」

「なるほどって意味」

「逐一《ちくいち》面倒臭ぇ。おい孫、ここは日本なんだから、俺の前では日本語で話せ」

「わかったよ。けどムッシュだけは許して」

「なんでだ？」

「タケ爺みたいに発音できない。『とぅーたぁじゅーさん』になっちゃう」

これは嘘。生粋《きっすい》のフランス人じゃあるまいし、「蔦重さん」ぐらい言えるけど、さん付けで呼ぶのが慣れてないだけ。だけど蔦重は僕の言葉を信じてくれた。

「確かに、そりゃあ聞いてるこっちがむず痒《がゆ》いな。よし、〝むしゅ〟は勘弁してやる」

「merci《メルシ》……じゃなくて、ありがとう」

「おう」

僕はだんだん、蔦重と話すのが楽しくなってきた。タケ爺はまだ寝てるし、暇つぶしにもう少し引き止めてやろうと、再び背を向けた蔦重に話しかけた。

「ところで『恩送り』ってあれでしょ？　受けた恩を別の人に返すっていう……。タケ爺がよく言ってるよ」

蔦重が振り返った。しめしめ。

「上《うわ》っ面《つら》で言やぁそういうこったが、そう平坦なもんでもないな。助けてもらったり、後押ししてもらった恩には報いるべく励むことが第一だが、受けた恩を返しきれなかったり、恩人がいなくなって返せなかったりした時は、かけてもらった恩のありがたさを忘れず、己《おのれ》が人に恩をかける立場になれ、ってこった」

「そうだったんだ」

「ただし、近頃の野郎はこの言葉を間違って捉《とら》え、『上の人間から何かしてもらっても、返さなくていい』なんて言い出すのがいるから始末に負えねえ。富める者が貧しい者に与えるのは当たり前で、施《ほどこ》すことでいい気分にさせてやってるんだからいいじゃねえか、ってな」

すると、

「……この時代にも、そのように無礼な輩《やから》がいるのでございますか？」

タケ爺がむっくりと起き上がった。

「おう、タケ。聞いてたのか」

「ムッシュの声が大きいからだよ」

「G！」

タケ爺が叱った。

「ごめんなさい……」

ツッコミ癖は封印しないとなぁ。

「その野郎ってのは、春朗《しゅんろう》のことだよ。覚えてるだろう？」

「もちろんです！　あの時おっしゃっていた通り、春朗さんを蔦屋に取り込んだのでございますか？」

「ああ。しかもおめえが言ってた、大道具方の爺さんが自分で描いた奇《き》っ怪《かい》な役者絵を売り込んできたんで、春朗に下絵を描かせて、来月売り出す予定だ。店は今、その仕上げで大わらわだぜ」

「それはようございました」

タケ爺はニコニコと笑っているが、僕にはわかる。あれは作り笑いだ。

「タケ、おめえなんか知ってるだろう？」

蔦重が探りを入れた。

「……存じ上げません。たとえ知っていたとしても、言わない約束でございますので」

「そうだったな。俺の周りで起こる何かを知っていても、言うなって俺が言ったんだ。知ってて歴史をなぞったって、つまらねえ、と」

「はい。……ところが蔦重さん、実は腑に落ちないことがございます」

蔦重はタケ爺の顔をじっと見つめ、

「聞いてやりてぇが、長くなりそうだな。孫にもさんざ引き止められたしな」

僕に視線を移した。

――あちゃ。バレてたか。

「すまねぇが、今は忙しい。急用でなけりゃあ、後でもいいか？」

「はい、構いません」

「なら、まずは飯でも食って、ゆっくり休んでな。さっき部屋ぁ覗いたら、歌麿も存外《ぞんがい》達者そうだったぜ。おめえの手当が良かったんだろうな」

「それはようございました。では、お言葉に甘えさせていただきます」

「おう」

蔦重は素早く階段を降りて行った。

タケ爺は、布団を丁寧に畳んでいた。コンパクトにまとめて押入れに仕舞うと、蔦重が持って来た丸盆の前に正座し、四角く畳んだ紙袋を裏返してそっと開いた。中には白い粉が入っている。

「何、それ？」

「これは歯磨き粉だよ。ほら、こうやって使うんだ」

タケ爺は全長十五センチほどの木の棒を手に取った。一方の端が潰れて房のようになっていて、もう一方は尖り、全体にゆるくカーブしている。タケ爺は房の方を鉢の水で湿らせ、白い粉を付けて口に入れた。慣れた手つきで二、三回、自分の前歯をこすってみせる。

「これは房楊枝《ふさようじ》と言ってな、江戸時代の歯ブラシだ。反対側の尖った方は爪楊枝になっていて、歯の隙間を掃除し、真ん中のカーブは舌の奥に当ててそのまま前にスライドさせ、舌の表面の汚れを取るんだ」

全ての動きが戸惑いもなく、スムーズだった。

「江戸時代の人は、当たり前のように舌を磨いてたんだね」

「舌の表面の白い舌苔《ぜったい》が、汚れだと認識してたんだ。昭和の頃は、誰も舌など磨いていなかったがな」

タケ爺は歯磨きを終えると、鉢の水を口に含んだ。うがいをしながら障子窓を開け、屋根瓦の上に、口の中の水をペッと吐き出した。

「そんなことしていいの⁉」

僕の目は点になった。

「飲み込んでもいいんだが、歯磨き粉には細かい砂が入ってるんでな」

「そうじゃなくて！　二階からうがいした水を吐き捨てるなんて、行儀が悪いって言ってんの！」

僕がこんな真似しようものなら、ママンにどやされて食事抜きの刑だ。タケ爺も、マナーにはうるさいはずなのに……。

「これが江戸の習慣なのだから仕方がない。同じ時代のフランスなんて、下水がなくて、糞尿を窓から道に捨ててたんだぞ」

僕はうなずいた。

「知ってる。École（学校）で習った。『Château de Versailles《シャトードベルサイユ》（ベルサイユ宮殿）』にもトイレがなくて、おまる持参の貴婦人もいたけど、持ってない人は庭や廊下の隅でしてたって」

「それに比べればうがい水なんて、綺麗なもんだ」

「そりゃあそうかもしれないけど……。それより説明して。さっき二人で話してた、春朗って誰？」

タケ爺は鉢の水で顔を洗い、手ぬぐいで拭くと、

「今は勝川《かつかわ》春朗と名乗っているが……」

もったいぶって言った。

「後の葛飾北斎だ」

「Hourra!《ウーハ》（やったね！）二人目だ！」

北斎と聞いて僕の心は沸き立った。なんてったって北斎の『Trente-six vues du mont《トラント スイス ヴー デュ モン》 Fuji《フジ》（冨嶽《ふがく》三十六景）』シリーズ中、一番人気の『La Grande Vague au large de《ラ グランド ヴァグ オ ラージュ ド》 Kanagawa《カナガワ》（神奈川沖浪裏《なみうら》）』は、レオナルド・ダ・ヴィンチの『La Joconde《ラ ジョコンド》（モナ・リザ）』に次いで、世界で二番目に有名な芸術品だもの。それも、世界に一枚しかない peinture《パンチュア》（絵画）っていうならまだわかるけど、北斎の作品は imprimer《アンプリメ》（版画）だから、大量生産されてるっていうのに。

「ねえタケ爺、『La Grande Vague』は世界に何枚あるの？」

「ああ、『浪裏』か。確か二〇〇枚ほど残っていたはずだ」

「そんなに⁉」

「むしろ、それだけしかない、と言う方が正しいかもしれんな。なにせ『富嶽三十六景』は売れに売れ、特に人気の高い『浪裏』は、八〇〇〇枚摺られたという話だ」

「八〇〇〇枚……」

タケ爺の言う通りだ。七八〇〇枚もの版画が失われたのだから、現存数が二〇〇枚は少ないというべきかも。

「広重の『東海道五十三次《とうかいどうごじゅうさんつぎ》』はもっとすごいぞ。『日本橋』や『箱根《はこね》』、『蒲原《かんばら》』、『庄野《しょうの》』といった人気作は、一万枚を超えたそうだ」

僕は呆気に取られた。

「浮世絵って木版画でしょ？　そんなに摺れるの？　最初に何枚摺るものなの？」

「初摺りは二〇〇枚が目安だから、『五十三次』は少なくとも五十回以上、版を重ねたことになるな。摺り過ぎて版木が磨《す》り減ったため、途中で彫り直したそうだ」

「C'est《セ》 fou《フー》!（すごーい！）」

「そういえば、十年ほど前だったかな、ニューヨークのクリスティーズのオークションで、北斎の『浪裏』一枚が二八〇万ドルで落札されたことがあった。当時の日本円で三億六〇〇〇万円だ」

「二〇〇枚もあるのに？　単純計算して、全部売れれば七二〇億円じゃない！」

「さすがに計算が速いな。だが、誰も売りたがらないから高値がつくんだ」

「ちなみに、この時代で買えばいくらなの？」

タケ爺はじっと僕を見た。目の奥が笑っている。

「驚け。なんと、天ぷら蕎麦一杯分ぐらいの値段で買えるんだ」

「Sérieusement《セリブズマン》?（マジで?）ここで買って、未来へ持って帰ればリッチになれるよ⁉」

タケ爺が吹き出した。

「血は争えんな。爺ちゃんも、初めて江戸に来た時、同じことを考えた。根付《ねつけ》か浮世絵を仕入れて帰れば大儲けできるな、と。ただし戻れるかどうかもわからなかったのと、お稲荷さんの罰を受けてタイムスリップさせられたのだから、罪を重ねるかもしれんことは避けたんだ。……唯一、歌麿が焚《た》き付けに使えとくれた下絵があったんだが、どうしてもそれを燃やすことができなくて、こっそり隠したことがあった」

「もしかして、それが昨夜《ゆうべ》、蔦重と話してた壺の中身?」

「そうだ。蔦重に見つかって、没収されたがな」

「代わりに壺に入っていたのが、蔦重からの手紙だったんだね」

「ああ。歌麿の下絵は隠し持ったものの、未来でも、どうしていいか持て余していただろうから、取り上げてくれてむしろ助かったよ」

「なるほどねー」

「で、さっきの答えだが、残念ながら『富嶽三十六景』はこの時代にはまだない。あれが制作されるのは、今から約四十年後だ。プロイセン王国のベルリンで発明された、『ベロ藍』という鮮やかな青色の合成顔料が使えるようになったからこそ、北斎は『富嶽三十六景』を発表する気になり、風景画というジャンルを確立した。そして、北斎に触発された形で、広重が『東海道五十三次』を発表するんだ」

「Dommage《ドマージュ》(残念)」

「なにせ春朗は、まだ北斎になってもいないのだから……」

その時、

「おいらがどうしたって?」

がっしりとした大柄の男が、膳を持って入って来た。

「春朗さん！」

タケ爺は素早く僕を隠して声を上げた。

――春朗って……えっ、この男が北斎⁉

男はギロリとタケ爺を睨んだ。

「誰だ、あんた？」

「いきなりすみません。私は竹男の父で、竹蔵《たけぞう》と申します」

――なるほど、そういう設定で通すんだ。

「ほら、八年前にあなたにイカの塩辛の作り方をお教えした……」

「あいつの？　そういやあよく似てんな」

「覚えておいでですか」

「もちろん。ほら？」

春朗が顎で示した朝食の膳には、塩辛が添えられていた。

「あなたが……お作りに？」

タケ爺が感激したように、一瞬声をつまらせた。

「おいらじゃねえけど、あいつがいなくなってからも、この店じゃあずっとこの塩辛を作り続けてるぜ。贔屓《ひいき》が多いからな」

「そうでしたか……」

タケ爺は春朗から膳を受け取り、畳の上に置いた。春朗は立ち去ろうとはせず、

「あいつの親父なのはわかったが、なんであんたがおいらを知ってんだ？」

膳を挟んで、そのままタケ爺の前にあぐらをかき、身を乗り出した。顔も長いけど、耳がさらに長い。七福神の中の、顎髭が白くて長い……そう、福禄寿《ふくろくじゅ》みたいだ。

「息子と一緒にいる時にあなたを見かけて、話を聞きましたもので」

「そうかい」

「春朗さんは、今は蔦屋さんに住み込みで？」

「いや、ちぃと前まで泊まり込みで働いてたんだが、一仕事終えたんで、今は家に戻ってる。今日は試し摺りが上がって来るってんで呼ばれたんだ」

「試し摺りが……。それは楽しみですな」

タケ爺は平然と朝食に手をつけ始めた。

膳の上には、山盛りの白いご飯（といっても、今より黄ばんでるけど）に、イカの塩

辛、納豆の味噌汁（うげーっ）、たくあん、急須が載っている。

「まぁな。……で、あいつは？　達者なのか？」

「おかげさまでピンピンしております」

タケ爺は納豆汁をすすり、ほっと和やかな微笑みを浮かべた。

「なんで突然消えた？」

春朗は凄《すご》んだが、タケ爺は素知らぬ顔で食事を続けた。ご飯の上に塩辛を乗せると、急須のお茶をかけまわし、箸で崩して口に入れた。満足そうに笑っているところをみると、タケ爺の味はきちんと継承されているらしい。

塩麹《しおこうじ》を使った自家製イカの塩辛は、日の丸食堂の大人気メニューだ。市販品の塩辛は、お茶漬けにすると硬くなるけど、タケ爺の塩辛は、お茶をかけるとイカが縮みながらホロホロと溶ける。お茶と塩辛が渾然一体《こんぜんいったい》となって、ふくよかな味わいの出汁を生み、至福のお茶漬けになるんだ。

タケ爺の幸せそうな顔を見てたら、僕も食べたくなってきた。納豆汁は真っ平ごめんだけど。

春朗は、タケ爺の食事が終わるまで、体勢を崩さず睨み続けた。

タケ爺は春朗のプレッシャーをものともせず、食事の最後に、空になった味噌汁の椀にお茶を注いだ。たくあんを箸で挟んで、汁椀の内側を丁寧に拭い、中に入ったお茶を茶碗に移した。再びたくあんで茶碗をこすり、ご飯の粘り気を取ると、先にたくあんを食べ、茶碗の茶を飲み干した。洗いたてのように、茶碗がピカピカになっている。

タケ爺のこの食べ方はいつものことで、家族からは「貧乏臭い」と不評だったけれど、ある日みんなで禅寺《ぜんでら》のドキュメンタリー番組を観ていた時、食事風景がまさしくこんな感じだったんで意識が変わった。

米一粒、洗い水一滴を無駄にしない食べ方だと知って、以降は誰も口を挟まなくなったのだ（とはいえ、誰も真似しなかったけど）。

「はて。息子が消えましたか？」

ようやくタケ爺が口を開いた。

「八年前に里に戻って来て以来、今は信濃《しなの》で暮らしておりますが」

あくまでとぼけるつもりらしい。

春朗は、目の前にいる老人が、八年前に会った若者と同一人物だとは、毛ほども疑っていないようだ。

「で、親父さんは何しに江戸へ？」

「冥土《めいど》の土産に、一度江戸見物をと思いまして。息子が世話になった蔦重さんを訪ねようとしたところ、昨夜火事に遭って……」

「けっ。恩人を訪ねる前に吉原見物かよ。そんなこったからバチが当たって火事に遭うんだ」

「ええ、おかげさまで、歌麿さんをお助けすることができました」

なぜだろう？　タケ爺の態度が、春朗の前だといつになくふてぶてしい。

「……食い終わったんなら、下げるぜ」

春朗はムッとして、空になった膳を提げて部屋を出て行った。完全に姿が見えなくなるのを待って、

「……あれが北斎かぁ」

僕はつぶやいた。

「そうだ。まだ売れる前の、血気盛んな頃だな。蔦重のちょうど十歳下だから、三十五歳ということになる」

「なんだか偉そうな人だね」

「爺ちゃんが昔、春朗の師匠の勝川春章《しゅんしょう》に頼まれて、塩辛作りを教えに行った時も、初対面から偉そうだったよ」

「勝川春章？」

「ああ。役者絵で頭角を現し、勝川派を一代で興した、肉筆美人画の名人だ。春章の掛け軸見たさに出向いて行ったんだが……。春朗は当時、見かけは爺ちゃんと同世代だったんだが、人にものを教わろうっていうのにタメ口だし、文句は言うしで辟易《へきえき》したもんだ」

「へぇ～」

「絵を描くことに対する情熱は人一倍だったがな。腕は立ったが性格が災いして、兄弟子から嫌われていてな。中堅どころなのにお勝手仕事をさせられてたんだ。ああやってガキ大将みたいに突っかかってくるから、爺ちゃんもついムキになってしまう」

「蔦重も偉そうなんだけど、なんか違うんだよなぁ」

「そりゃあそうだ。深みが違うさ」

「深み？」

「二人とも、浮かばれない現状を打破しようと、もがいたところは同じだ。吉原生まれの蔦重は、数えで七歳の時に両親が離婚して、茶屋に置き去りにされたんだ」

「ちょっと待って。『数え』って何？」

「数えというのは、この時代の年齢の数え方で、生まれた時を一歳として、正月ごとに歳を取るという方式だ。極端に言えば、大晦日に生まれれば、翌日は正月だから、早くも生後二日目で二歳ということになる。それに比べて、現在の、生まれた時が〇歳で、誕生日ごとに歳をとる数え方を満年齢というんだ」

「じゃあ蔦重は、六歳にもなっていないかもしれない時にパパとママンに捨てられたんだね」

「茶屋の養子になれたようだが、養子とは名ばかりの、体のいい下働きだったのかも知れない。義兄がいるから跡取りでもないし、甘やかされはしなかっただろうな」

「苦労人なんだね」

「物心ついた時から、色と欲にまみれた大人の世界で働かされながら育ったんだ。さぞや大人びた子供だったんだろう。たいした後ろ盾もなく、そこで処世術を覚えて……。言っておくが、蔦重が居丈高《いたけだか》なのは身内の前でだけだぞ。客人の前だと、柔和《にゅうわ》で腰の低い、上品な男に豹変《ひょうへん》する」

「なにそれ⁉　二重人格？」

「違う。それが蔦重なりの処世術なんだ。しかもそちらが本物で、後からわざとガラの悪い、べらんめえ口調を身につけたそうだ」

「なんで⁉」

「奉公人に舐められないようにするためだと言ってたが……。まあ、見ていれば、いずれわかるさ」

「で、北斎とどう違うの？」

「北斎の方は、自分は葛飾の百姓の生まれなどとうそぶいているが、数え六歳で幕府御用達の御鏡師の家に養子に入ったぐらいだから、出自は悪くないはずだ」

「彼も養子なの？」

「ああ。だが養子先に実子が生まれたために、お払い箱になったんだ」

「ひどいね」

「ところがそうでもない。北斎は実に運がいい」

「どうして？」

「三種の神器の一つでもあるように、御鏡師というのは、神職に準じる権威ある職業なんだ。だが、そういった鏡は青銅製で、作るのには鉛と水銀が用いられる。そんなものを年中扱ってみろ。徐々に身体が毒に蝕《むしば》まれ、早死にするのがオチだ。この時代はまだ知られていないが、幕末近くになると、御鏡師がみんな早逝《そうせい》するのは、青銅鏡に含まれる成分のせいだと知られるようになり、老人しか就いてはいけない職種になるんだ。北斎は、この時代には珍しく九十歳の長寿を全うするが、もし養子先を追い出されていなければ、寿命はせいぜい半分だっただろうな。そうしたら日本は、最も偉大な絵師を失っていたことになる」

「Du《デュ》 mal《マル》 naît《ネ》 le《ル》 bien《ビアン》（悪から善が生まれる）だね」

「聖書の言葉だな。日本では『禍《わざわい》を転じて福と為す』ということわざに当たる」

「それからどうなったの？」

「その後、北斎は貸本屋に住み込みで働くことになり、次に版木の彫師になる修行をし、絵師を志して十六歳で勝川派に入門したんだ」

「北斎も十分、苦労人に思えるけど？」

タケ爺は首を横に振った。

「北斎の苦労は我欲《がよく》だ。己が満足できる絵を描くことに夢中で、恩を仇で返すことも厭わず、家族さえも犠牲にした。それだけ画業に没頭したからこそ、世界的なアーティストにまでになれたのだろうが……」

「確かに、振り回される周りの人間は大迷惑だね」

「それに比べて蔦重の苦労は、仏教でいう〝忘己利他《もうこりた》〟だ。自身は裏方に回り、クリエイターたちを采配して、民衆をいかに楽しませられるか、どうすれば衰退していく吉原を復興させられるかに知恵を絞った。それはすなわち、人々に感動を与え、生きる喜びを与えたということだ」

「ほえ〜」

タケ爺の熱量に押されて、変な声が出た。

「現在日本に於いて、蔦重がメディア王だの名プロデューサーだのと知られるようになったのは、二〇二五年のNHK大河ドラマ『べらぼう〜蔦重栄華乃夢噺《つたじゅうえいがのゆめばなし》〜』が放送されて以降のことだ」

「僕が観られなかった番組だ」

タケ爺がうなずいた。

「それまでは、近世文学や浮世絵に興味のある人間しか、『蔦屋重三郎』なんて名前は知らなかった。かくいう爺ちゃんも、最初にタイムスリップした時は、蔦重が何者なのかわからず、敬意を抱くまでに時間がかかったもんだ」

「確かに。あの態度じゃ誤解されやすそうだもんね」

「だが、蔦重がそうなったのは、承認欲求の表れとも考えられる。吉原に置き去りにされた、何者でもない自分が、何をすれば周囲に認められ、褒められ、ありがたがられるか。そこに存在価値を見出そうとしたのかも知れない。今よりもずっと、男に立身出世が課せられた時代だったしな」

「なるほど」

「蔦重も北斎も、どちらも歴史に名を残すほどの人物だけれど、生き様にこれほど違いがあるんだ。……さて、爺ちゃんは歌麿の手当をしてくるから、Gも今のうちに……」

タケ爺は立ち上がり、東京で着込んで来たベストのポケットを探った。僕に非常食キットを与えると、救急セットを持って歌麿の部屋に向かった。

僕は食事をすべく窓際に近づいた。太陽はすでに屋根の上に出ており、遠くに富士山が霞んで見える。

「綺麗だ……」

思わずつぶやいていた。高層ビルがなく、空気が澄んでいて、空がとても広くて青い。眼下を見ると、すでに通り沿いの店はオープンし、大勢の人々が行き交っている。物売りも多く、商品によって、それぞれに決まった掛け声があるようだ。

「活気があるなぁ」

なんだかみんな、一生懸命生きてる、って感じがする。

二四〇年後の未来には、もはやラッシュも人混みもない。リモートでできる仕事がほとんどだし、買い物もネットでできて、自宅まで運ばれてくる。コンサート会場などの特別な場所に行かないと、生命エネルギーを感じることがなくなった。

タケ爺に聞きたいことはまだまだあるけど、どうやら時間はたっぷりありそうだから、焦ることもないか。

そういえば、タケ爺はいつどうやって東京に帰るつもりなんだろう？　だいたい、帰り方を知ってるのかな？

お腹がいっぱいになって、そろそろ眠くなってきた。昨夜はタケ爺が心配で眠れなかったから。

暖かな日差しを浴びながら、僕は完全に眠りに落ちた。

第四章　タイムスリップの謎　Timeslip no nazo

歌麿は、怪我をした左の足を前に投げ出したぎこちない体勢で、文机《ふづくえ》に向かって下絵を描いていた。

「おはようございます、歌麿さん。仕事などして大丈夫なのですか？」

私は歌麿の足元に座り、患部の確認を始めた。

「ああ、タケさん。おはようございます。こんな格好のままですみません。昨夜は本当に、ありがとうございました」

筆を置いて文机に手をつき、深々と頭を下げた。

「いえもう、頭をお上げくださいませ。八年前、あなたにはお世話になりっぱなしでしたし、私はあの場に居合わせただけなので、あなたを助けたのは天の導きでございましょう。……さて、拝見致します」

私は歌麿の患部に巻いた包帯とガーゼを丁寧に外した。

昔の人は現代人と比べて免疫力が強いのだろうか。傷口は膿《う》みも腫《は》れもせず、血もしっかり止まっていた。ホッチキスの玉よりは小さいとはいえ、スキンステイプラーの玉の跡が痛々しいが、さすがに人の傷口を縫う、などという技術も度胸もない。こんにゃくを使って練習はして来たものの、スキンステイプラーですら、ビビらずに打てたのが不思議なぐらいだ。

「順調ですね。傷口が塞がるまでは無理に動かさないでください」

患部を消毒液で清め、新しい包帯を巻き直した。使った包帯は、洗って煮沸消毒をしておかなければならない。

「痛みはいかがですか？」

「じっとしていれば平気でございます」

「それは良かった」

私は歌麿の手元に目をやった。文机の周りには、遊女たちの日常が、全身像で描かれた下絵が散乱している。私はこの作品の完成形を知っている。起床、身支度、道中など、遊女の一日を二時間ごとに追った、十二枚ものの『青楼《せいろう》十二《じゅうに》時《とき》』シリーズだ。

「蔦重の仕事ですか？」

「はい、この仕事を最後に、蔦屋からしばらく離れることになりました。描き溜めた画帖を、昨夜失くしてしまいましたもので、覚えているうちに描き留めておこうかと……」

　私の胸は高鳴った。


　二十年前の東京で、埋めた壺を掘り出した時、蔦重からは、年数を空けて二通分の手紙をもらっている。

　一通目の手紙は天明《てんめい》六年（一七八六年）。私がタイムスリップを終えたすぐ後のものだ。そこには、私が命がけで助けた松の位の花魁《おいらん》の蜻蛉《かげろう》が、実は男性で、獄中死した平賀源内《がげんない》の想い人であったことと、狼藉者《ろうぜきもの》に刺された別の花魁の菊乃《きくの》が無事で、犯人が百敲《ひやくたた》きの上、江戸から追放された顚末《てんまつ》、さらには私が壺に隠してあった歌麿の下絵を、蔦重が没収した経緯などが書かれていた。

　二通目の手紙が書かれたのは、寛政六年（一七九四年）の六月頃。五月に写楽がデビューし、七月に第二弾を売り出すまでの間のどこかだ。つまり、今から約二ヶ月後のことだから、現段階で蔦重はまだ、この手紙を書いてはいない。

私が今回、病院を抜け出してまで江戸に来たかった理由は、まさしくそこにあった。

二通目の手紙に書かれていたのは、写楽の正体と仕掛け、発売後の状況。さらには蔦重と歌麿の仲違《なかたが》いについてだった。それもお互いを思いやった上での行き違いで……。

歌麿が行なったという蔦重への裏切り行為は、実は自己犠牲で、自分が悪者になることで蔦重を守っていたことが判明した。まるで児童文学の『泣いた赤鬼』だ。だが誤解が解けても、蔦重は歌麿に歩み寄ろうとはしなかった。照れもあるのだろうが、自分が同情され、助けが必要だと思われたことが心外だと綴《つづ》られていた。

この手紙を読んだ時、私は人目もはばからず号泣した。蔦重が抱える成功者の孤独を、私は誰よりも知っていたからだ。

蔦重は、タイムスリップして途方に暮れていた私を、事情を全て承知した上で店に置いてくれた。最初は好奇心と懐の深さゆえかと思っていたが、一ヶ月ほど経ったある日、本人から真意を聞くことができた。

あれはそう、勝川春章の屋敷を訪ね、春朗こと北斎に、塩辛づくりを教えた夜のことだ。

その日の出来事を報告がてら、蔦重の部屋で夕餉を共にした時、疲れが溜まっていた蔦重に、私が特技のマッサージをすることになった。リラックスした蔦重が、私を側に置く理由を語ってくれたのだ。

自身が仕事をする上で一番苦労するのは『人を使うこと』で、裏切られたり当てが外れたりするうち、奉公人を信用したり、期待することを止めたのだと。それは私が思うに、蔦重の能力とモチベーションが高過ぎて、周囲が追いつけないからなのだろう。

蔦重に心酔している歌麿のことさえ信じてはいない、と蔦重は言った。売れる前の今は自分に従順に仕えているが、売れた後のことはわからない。周囲にそそのかされて、自分を裏切るのではないかと。

その点、この町で身寄りがなく、お稲荷さんの監視がついているために悪事が働けず、いずれここからいなくなるだろう私には欲得の持ちようがないため、自分を裏切る心配がない。信用できる唯一の相手だと。

私は二通目の手紙を読んだ時、二人の仲が一刻も早く修復することを切に願った。なぜなら、蔦重は今からわずか三年後に、『江戸わずらい』という病で死んでしまうからだ。

江戸わずらいとは、現在では比較的簡単に治せる……というより、発症も稀《まれ》な『脚気《かっけ》』のことだ。治療はただ、ビタミンB_1を多く含む食品を摂取し続けるだけ。

年貢米が全国から集まる江戸の町では、粟《あわ》や稗《ひえ》などの雑穀が混じらない、精米された白飯が食べられることを誇りにしている。白米食べたさに、地方から江戸に出稼ぎに来る面々もいるほどだ。

だが白米は、ビタミンB_1を含んだ糠《ぬか》を削り取ってしまう。それでなくても、少量の塩辛いおかずを、大量の白米で食べるこの頃の食生活は、栄養の偏りが甚《はなは》だしい。

八年前、私が厨房を預かっていた頃は、蔦屋の奉公人の方々には、栄養バランスのとれた食事を出すことを心がけていた。だが、私が唐突に現代へ戻ってしまい、接待の外食も激減した『寛政の改革』の最中、蔦重は激務にかまけて偏った食生活を続け、脚気にかかってしまったであろうことは想像がつく。

私の当初の目的は、蔦重の寿命を延ばすなどという大それたものではない。歴史に名を残す人物の寿命を変えれば、未来にどれほどのひずみが出るか、予想もつかないからだ。

せいぜい、世話になった二人の仲を取り持ちたいという思いと、命を救ってくれ、生き甲斐まで示してくれた人生の恩人に、きちんとお礼と別れを告げたかった。

だが……。

「これが最後の仕事というのは、何か蔦重さんとの間に一悶着《ひともんちゃく》でも？」

私は、何も知らぬふりで歌麿に尋ねた。

「いえ、全くそのようなことではありません。お互い御公儀《ごこうぎ》には目をつけられておりますゆえ、しばらくは別々に仕事をした方がいいだろうと、納得ずくの話でございます。他の版元と仕事をすれば、これまでにない絵が生まれるかもしれないから、伸び伸びやってこい、と」

「それはまことの話でございますか？」

勢い込んで尋ねる私を、歌麿は不思議そうに眺めた。

「もちろん本当のことでございます。写楽の仕事にも興味があったので、当初は私が手伝うつもりでいたのでございますが、蔦重が『おまえは今や引く手数多《あまた》なのだから、自分の仕事をしろ』と。それに『ちょうどいいのがいるから、道を譲ってやれ』と。それもそうだと得心し、この『青楼十二時』で一旦、蔦屋の仕事は留め置き、ご禁制が緩めば、また一緒に組みましょう、と」

歌麿は穏やかに微笑んだ。八年前にはなかったゆとりが、その表情には表れている。その反面、私はショックを隠しきれないでいた。

――どういうことだ？

蔦重と歌麿は、初めから仲違いなどしていない。とすると、蔦重の手紙と内容が食い違っていることになる。よしんば今から仲違いをするとしても、歌麿が写楽の仕事を快く辞退したのなら、仲違いする理由がない。蔦重に見限られたと言いたくなくて、歌麿が嘘をついているのか？

いや、そもそも昨夜から考え続けている矛盾が、まだ解決していないのだ。

「そういえばタケさん、私が描いた似顔絵はご覧になられましたか？」

「拝見しました。『歌まくら』ですね」

「良かった。タケさんの時代まで残っていたのでございますね」

「もちろんです。『画本虫撰《えほんむしえらみ》』共々、大切に保管されていますよ。どちらも素晴らしく、魂が震えました。その後の『美人大首絵《びじんおおくびえ》』なども、女性の顔のちょっとした表情で喜怒哀楽を表すなど、さすがは歌麿さんです」

「ありがとうございます」

歌麿は深々と頭を下げた。私はこの八年間の歌麿年表をざっと思い浮かべ、大事なことを思い出した。

「あの……、おりよさんは残念でした」

たちまち歌麿の顔が曇った。

歌麿は四年前の八月、水害で恋女房を亡くしている。私とも関わりのあった女性で、前回江戸にタイムスリップしたその夜、私は歌麿夫妻が暮らす蔦屋耕書堂の吉原にある支店に泊めてもらい、りよと絡んで、歌麿の枕絵のモデルになったのだ。

「そのようなことまで、ご存じなのでございますか」

「はい。前回来た時は敢えて申し上げませんでしたが、あなたは後世に名を残す、偉大な絵師でございますから」

「それは……黙っていてくださっていて良かったです。なにせ私は……」

「『調子にのるとつけあがるタチ』でございますものね」

二人で顔を見合わせて笑った。若い頃の歌麿は、蔦重からそう言われて、己を戒《いまし》めて来たのだ。

「また後で参ります。少しずつで結構ですので、私が消えてからこれまでの話を、是非詳しくお聞かせください。史実に残っていることなど、本当かどうかも定かではありませんから」

「承知しました」

私は一旦自室に戻り、Gが休んでいるのを確認すると、包帯を洗うために階下に向かった。


耕書堂の裏庭にある井戸端で屈み込み、私は人目を忍んで、歌麿の血が付いた包帯を洗っていた。流しても問題にならないよう、持参した植物性の石鹸《せっけん》を使って揉み洗いをしていると、

「ご老人、こんなところで何をしておられる？」

ハスキーな低音ボイスが頭上から降って来た。ギョッとして振り仰ぐと、逆光を浴びた痩身《そうしん》の男の影があった。目、鼻、口といった顔のパーツがそれぞれ小さく、顎が細く、

神経質そうな男だった。

洗濯はすでに濯《すす》ぎの段階だった。泡を見られなかったことにホッとしながら、立ち上がって男に向き合った。

「私は蔦重さんの古い友人で、竹蔵と申します。怪我をした歌麿さんの包帯を洗っておりました。しばらくこちらでご厄介になります」

「左様か。それは失礼仕《つかまつ》りました」

「あなた様は？」

「滝沢清右衛門《たきざわせいえもん》と申します。今は履物屋《はきものや》を営んでおりますが、時々ここで本を書かせていただいております」

――曲亭馬琴《きょくていばきん》だ！

まだ二〇代のはずだが、顔色が悪く、目の下のクマがひどいせいか、蔦重と同世代に見える。

「いや失敬。昨年までここで奉公をしておったゆえ、見かけぬ御仁《ごじん》が気にかかって声をかけたまで。歌麿殿のことは聞いております。どうぞお続けくだされ」

履物屋の主人と名乗りつつ、言葉遣いがまるで武士だ。

馬琴はもともと武家の出で、父親が急死して以来、仕官先を転々とし、武家奉公よりも作家になりたいと、山東京伝《さんとうきょうでん》に弟子入りするため江戸に出て来た。ところが遊び人の京伝は、堅物《かたぶつ》な弟子を持つことを煩わしく思ったのか、弟子ではなく友人になろうと言って馬琴の出入りを許し、ちゃっかり代作もさせつつ、蔦重に紹介した。

蔦重は馬琴の文才を認め、私の時のように奉公人として雇い入れながら、文筆の機会を与えた。その際、馬琴は商人に雇われることを恥じ、滝沢興邦《おきくに》という本名を隠して『瑣吉《さきち》』を名乗った。

しかし尊大な態度と融通の利かなさ、校正に時間をかけ過ぎることで、取引先や他の奉公人から疎まれ、持て余した蔦重は京伝と相談の上、履物屋の後家との縁談を勧めたのだ。

商家とはいえ、一家の主人ともなれば、人に頭を下げることが減り、執筆に時間を費やせるだろう、と。馬琴は渋々了承し、その際、瑣吉の名を捨て、滝沢清右衛門と名を改めたはずだ。

「清右衛門様、御本、楽しみにしております」

立ち去りかけた馬琴に声をかけると、馬琴は意外そうに私を振り返り、目線を斜めに落として軽くうなずき、店に戻って行った。馬琴なりの照れ隠しなのだろう。

馬琴の人気に火が点《つ》くまで、これより約十年待つことになる。北斎が挿絵を描いた『椿説弓張月《ちんせつゆみはりづき》』で大成功を収めた馬琴は、その後、四十八歳から七十六歳までの二十八年を『南総里見八犬伝《なんそうさとみはっけんでん》』の執筆に費やし、読本作家として不動の地位を築く。全九十八巻一〇六冊もの大作である。

馬琴は十返舎一九《じっぺんしゃいっく》と並び、日本で初めて、執筆だけで生計が立てられた作家となった。それも蔦重が『作家にも潤筆料《じゅんぴつりょう》（原稿料）を支払う』という、今では当たり前の道筋をつけたおかげだ。

それまでは、絵師には画料を払うのに、作家には潤筆料が支払われないのが通例だった。その代わりに、版元から接待を受けていた。多くの文筆家が武士で、町人から金をもらうなど恥、とされていた時代だからだ。

幕府や藩の仕事をして俸禄《ほうろく》をいただくのが武士であるから、文筆はあくまで趣味。それを本にしたいという版元の頼みを聞いてやるのだから、接待を受けて当然、というわけだ。

蔦重が出版業を始めたばかりの頃、新人の版元ながら、人気作家を次々と取り込めた勝因は、ここにあると私は見ている。もちろん、蔦重の熱意や企画力もあるのは間違いないが、損得勘定で考えれば、吉原遊廓をバックにつけて、人の欲望を掌握《しょうあく》している蔦重の接待力は、どれだけ老舗で資金力がある大手の版元でも及ばないものがある。

何度も行くと飽きてしまう銀座の一流料亭より、プライベートで通う、いつもリピーターで予約が埋まる、メディアに載らない小料理屋の方が味が良く、アットホームなサービスが受けられて、寛《くつろ》げるように、だ。


私も一軒、東京でそんな店を知っている。広告代理店で働いていた頃、女性社長に連れて行っていただいた、繁華街の裏通りにある古くて小さな店だった。急な階段を降りて行った地下にあって、カウンターで八席しかない。その社長も、旧知の社長に連れてきてもらったらしく、その時に言われたのが、
一、経費で落とさず、自腹を切ること
二、接待に使わないこと

三、仕事の話はしないこと
四、メディアに紹介しないこと
五、料理を残さないこと
六、月に一回以上来ないこと
だったそうだ。

「食べることが何より好きな竹村さんを、友人だと思って連れて行くんだからね。あなたも、このルールは守ってよ。私の予約が取れなくなると嫌だから」

女性社長にそう釘を刺された。

メニューはお任せコースだけで、ビールも日本酒も焼酎も、日本酒はお燗用と冷酒用、焼酎は麦と芋、それぞれ一種類ずつしか置いていない。弟子も取らず、ご主人が一人でやっていて、自分が出す料理にはこの酒、と決めているそうだ。

「料理を食べることを目的に来て欲しいから」

なのだと。初めてその店の料理をいただいた時は、何から何まで衝撃だった。食材を選ぶ確かな目利きと、下ごしらえに相当な手間をかけて、そうは見せないシンプルな仕上がり。一見、どこにでもありそうな料理なのに、口に入れるとかつてない幸福感に満たされるのだ。

二度目に訪れた時、これほどの腕を持ちながら、なぜこんな繁華街の裏通りの、場末感漂うビルの地下で、一人で店をやっているのかと尋ねたことがある。

すると、「もう三十年以上経っていて、時効だから」と、笑って話してくれた内容はこうだった。

元は関西の、誰もが名前を聞いたことがある、老舗料亭の次板《つぎいた》（板長《いたちょう》の次）をやっていたのだが、ある時、板長が新店舗に異動になるから、この店の板長を任せると言われて、その日のうちに夜逃げ同然に上京したのだそうだ。プレッシャーに負けたのかと思ったがそうではなかった。

その店はオフィス街にあり、接待に使われることがほとんどで、宴会場もいくつかあった。少人数でも大人数でも、作る手間は同じだ。すると、宴会場の料理は、たくさん残されて返って来る。それが耐えられなかったのだという。

「自分が精魂込めて作った料理を、きちんと味わって欲しい。その上、板長になんてなったら、料理以外にやらなければいけないことが山積みになってしまう」

それでこの場所に店をオープンさせ、メディアの取材は一切断って現在《いま》があるのだと。

自分が厨房に立てなくなったら、この店は終わりだとも。客層は、社長、医者、パイロットなどとその家族が多い。客が皆、ルールを守ることで、このかけがえのない店を守っているのだと思った。

日本を去る前に訪れて二十年。あの時六十代後半だったご主人の店は、もはや無くなってしまっているだろう。

あの店を紹介してくれた女性社長にはずっと感謝している。十年前、彼女と最後に話した時は、「ご主人は入退院を繰り返しながら店を続けてるわよ」ということだったが……。

蔦重が接待に使っていたのも、そのようなこだわりのある見世だったように思う。格式張った大見世ではない。吉原連の仲間でもある楼主が経営する中見世で、現在でいう仮装パーティーや船遊びなど、さまざまなイベントを以前は催していたと聞いた。

お決まりの「台の物」ではなく、腕のいい料理人が作る創作料理を提供し、楼主と相談して、それぞれの人物の好みに合った敵娼《あいかた》を用意する。つまりは超一流のコンダクターなのだ。

収入が絡まないのだから、武士作家たちが、最も自分を楽しませてくれる版元に付くのは、当然の選択と言えるだろう。

私が現代に戻って調べた限りでは、蔦重が最初に潤筆料を支払った相手は、山東京伝だと言われている。

京伝は元々、大絵師の北尾重政《きたおしげまさ》の弟子で、北尾政演《まさのぶ》という絵師だった。蔦屋でも絵師として挿絵を依頼していたのだが、吉原に入り浸る遊び人の京伝に洒落本《しゃれぼん》（遊廓を舞台にしたコミカルな小説）を書かせてみたところ、これが大ヒット。京伝は絵師と戯作者の二足の草鞋《わらじ》を履くことになる。

その時点で商人出身の京伝は、挿絵を描くと収入になるのに、文章を書いても無償なのはおかしいと蔦重に訴えた。これに加えて、売れっ子になった京伝に、他の新興の版元たちが、洒落本に加え、艶本《えんぽん》などの仕事を依頼し始めた。

京伝を囲い込みたかった蔦重は、元々、京伝と仕事をしていた江戸一番の版元・鶴屋《つるや》喜右衛門《きえもん》と示し合わせ、京伝を日光旅行に誘って接待し、潤筆料制度を導入し、職業作家を生むきっかけを作ったのだ。

これ以降、京伝は鶴屋と蔦屋以外から本を出してはいない。それだけ潤筆料が出るということが魅力的だったのだろうし、京伝が吉原の遊女を二度も妻にし、煙草《たばこ》入れ屋をオープンすることができたのも、原稿料でがっちり稼げたお陰だろう。

ついでに言うと、日本で初めて印税制度をスタートさせたのは、明治の文豪、森鷗外《もりおうがい》だ。

最初に一定額が支払われるだけで、本がいくら増刷されても収入に繋がらない原稿料制度より、欧州のロイヤルティー制度を羨ましく思った鷗外は、売れた冊数につき報酬が支払われるのでないと本を書かない、と出版社に条件を突きつけ、これが認められたのが始まりだ。ちなみにこの時の印税は二十五パーセントだったという。

実は私は十数年前、元いた広告代理店の紹介で『日の丸食堂のレシピ集』という本を出している。発行部数に対する印税は八パーセント。通常の作家印税は一〇パーセントだけれど、今回はプロのカメラマンの撮影代がかかっているのだから、これでもいい方だと言われた。

本の収入うんぬんより、日の丸食堂のＰＲになると思って引き受けたが、鷗外の二十五パーセントには恐れ入る。加えて言うなら、夏目漱石《なつめそうせき》の印税は三十一パーセントだったと、社会評論家の松浦総三氏が編著の『原稿料の研究』に書いてあった。

何がどうなって、一〇パーセントの印税が基準になったのかはわからないが、もはや二〇三四年の現在では、紙の本など滅多に作られないのだから、その印税率など関係ない。他の物販と同じ扱いで、電子書籍の販売額によって、二〇〜三〇パーセントが支払われるだけだ。私のところにも忘れた頃に、『日の丸食堂のレシピ集』の電子印税がわずかばかり入ってくる。

これらの状況の基盤を作ったのが蔦重と京伝で、蔦重が育てた馬琴と一九が日本初の職業作家になったと知った時には胸が熱くなった。

世界的に評価が高い歌麿や写楽の生みの親で、浮世絵史に欠かせない功労者、という側面ばかりが注目されていた蔦重だったが、こんなにも作家を育て、後押ししていたのだ。

だが残念ながら蔦重は、馬琴や一九の出世の片鱗《へんりん》すら見ることもなく、三年後には亡くなってしまうのだが。

第五章　学術的に考える

Gakujutsuteki ni kangaeru

「おう、待たせたな。昼餉《ひるげ》は食ったか？」

部屋にやって来た蔦重は、タケ爺の前で腕を組み、あぐらをかいた。

「はい、粥を作っていただきました」

蔦重が眉を曇らせた。

「まだ、体は本調子じゃねえのかい？」

「いえ、朝餉《あさげ》を食べ過ぎただけでございます」

――Ça crant!《サクラン》（ヤバい！）

思った途端、蔦重が僕を睨《にら》んだ。

「おい孫！　おめえ、タケは少食だから、膳は一人分でいいって言わなかったか？　何を目一杯食わせてんだ？」

「春朗さんが朝餉を持って来てくださり、そのまま食べ終わるまでいらしたので、Gには隠れていてもらったのでございます」

タケ爺が取り繕《つくろ》った。

「あの野郎、頼んでもねえのに、勝手にチョロチョロ動きまわりやがって」

蔦重は悪態をつき、

「なら、孫の飯はどうしたんだ？」

タケ爺に尋ねた。

「持参しておりましたもので賄《まかな》いました。粥は二人分、用意していただきましたし」

「そうかい。腹が減ってねえんならいいんだが。……いいか、ひもじけりゃすぐに言えよ。米さえ食っときゃなんとかなるんだ。俺なんざ、忙しいときゃあいつも握り飯だぜ」

これを聞いて、今度はタケ爺の顔が曇った。

「蔦重さん、それはいけません。どうか米だけでなく、味噌汁も飲んで、おかずもたくさん食べてください。特に納豆、豆腐、ほうれん草も……」

「はぁ？　膳に着いてる暇なんざありゃしねえ。白河《しらかわ》様のご改革よりこっち、接待も減っちまったしよ」

「ではせめて、炒り豆を持ち歩かれるとか」

なぜだかタケ爺は食い下がったけれど、

「おめえ、料理屋の主人になったからって、人の食いモンにケチつけんじゃねえぞ」

蔦重に一蹴《いっしゅう》された。

「白河様のご改革って？」

僕は空気を変えたくて口を挟んだ。

「老中・松平定信《まつだいらさだのぶ》公の『寛政の改革』のことだ。祖父である、八代将軍・徳川吉宗《よしむね》公の時代に戻そうと、公序良俗《こうじよりようぞく》に反することを禁じ、質素倹約を奨励されたんだ」

タケ爺の解説を聞いて、蔦重は不機嫌そうに黙り込んだ。それに気づいたタケ爺は、蔦重の前に丁寧に両手をついて頭を下げた。

「ご改革によって、蔦重さんの身に何があったか、概《おおむ》ね存じ上げております。さぞやお辛く、悔しい思いをされたことでございましょう」

「……」

蔦重はふっと表情を緩め、

「まあ、済んじまったことは仕方ねえや。それよかタケ、おめえの話を聞く前に見せたいものがある」

脇に置いた風呂敷を前に出して広げてみせた。

――写楽だ。

現れたのは、日本のアイコンとして度々目にする、月代《さかやき》を伸ばし、口を〈への字に結んで見得《みえ》を切る、大谷鬼次《おおたにおにじ》の役者絵だった。けれどまだ途中なのだろうか、背景が黄色いせいか、なんだかPOPで迫力が無い。

「来月売り出す摺見本《すりみほん》だ。耕書堂が手掛ける役者絵なんで、世間があっと驚くモンを出そうと趣向を凝らしてはみたんだが……。絵は奇天烈《きてれつ》で面白いんだが、色数が決められちまってるせいか、なんか物足りねえ。……おめえどう思う？」

蔦重が顔を上げた途端、

「なんでバックが黒じゃないの？」

「Ｇ！」

僕が尋ね、タケ爺に怒鳴られた。蔦重は僕たちの顔をまじまじと見比べ、

「そうか……。写楽は、おめえたちの時代にも残ってんのか……」

とつぶやいた。

「ズルはいけねえ、とは言ったが……そうか、黒か。それも、歌麿の美人画で使った白《しろ》雲母《きら》を、墨に混ぜて黒雲母にすりゃあいいんだ。それなら色数は変わらねえからお触れに反しちゃいねえし、黒光りして豪華に見える。何より、芝居小屋の舞台そのものじゃねえか！」

蔦重は素早く摺見本を風呂敷に仕舞うと、スックと立ち上がり、

「ありがとよ！　ちょいと摺師ンとこへ行ってくらあ！」

慌ただしく出て行った。


呆気《あっけ》に取られていた僕たちは、ゆっくりと顔を見合わせた。

「やれやれ。雲母摺《きらずり》に気づいたのが蔦重自身で良かったが……。肝が冷えたぞ」

タケ爺はため息をついた。

「Désolé《デゾレ》（ごめんなさい）」

「史実に関わることに口を出しちゃいかん。少なくとも蔦重に、写楽が将来有名になることを知られてしまった」

「『バタフライ・エフェクト』だね」

「そうだ。蝶の羽ばたきほどのちょっとした出来事が影響し合って、思いも寄らない大きな変化につながる。今後は不用意に発言しないよう、気をつけてくれ」

「D'accord《ダコル》（わかった）。でも、だとしたらタケ爺が歌麿を助けたことって、ものすごく大きな変化になるんじゃ……」

僕の言葉をタケ爺が遮った。

「すまんがG、少し休ませてくれ。歳を取ると疲れが長引いていかん。色々と考えたいこともあるしな」

「……うん」

僕は気配を消して黙り込んだ。


「タケ、起きろ」

蔦重がタケ爺の頬をペシペシと叩いた。あれから四時間ほど経っただろうか。もうすぐ日暮れだ。

「すまねえが、今しか時間が取れねえ。話ってのはなんだ？」

タケ爺はぼんやりと起き上がると、蔦重が差し出した濡れ手ぬぐいを顔に当て、無理やり目を覚ました。

「話と申しますのは、この世界の仕組みについてでございます。昨夜から考えているのですが、辻褄《つじつま》の合わないことばかりで……」

タケ爺は姿勢を正して言った。

「この世界の仕組みだぁ？」

タケ爺はうなずき、淡々と続けた。

「歌麿さんご自身がおっしゃった通り、昨夜、私が吉原にタイムスリップして、歌麿さんを助けなければ、あの方は命を落としておりました」

「ああ」

「ということは、私がいなければ、昨日が歌麿さんの命日となったはずでございます」

「……」

「ところが私の知る限り、歌麿さんが亡くなるのは、まだ先のこと」

蔦重は意外そうに、両膝に手をついて前のめりになった。

「そうなのか？　俺はてっきり、おめえが歌の魂《たま》ぁ助けるために、わざわざ大火事の吉原を狙って、未来からやって来たんだと思ってたぜ」

「滅相《めっそう》もございません」

タケ爺は大きく首を横に振った。

「いつ江戸に来られるかは、神……いえ、お稲荷さんのみぞ知るといったところで。私はただ、写楽の売り出しの前に来たいと願ったまででございます」

蔦重は目を細めた。

「写楽のこたぁ、どこまで知ってる？　正体もばれちまってんのか？」

「いいえ。あなた様の思惑通り、写楽は私の時代でも、謎の絵師のままでございます。斎藤十郎兵衛《さいとうじゅうろべえ》様という説が有力ではございますが……」

「あの能役者か」

「はい。ですが私は、写楽の正体を存じております。春朗さんに連れて行っていただいた芝居小屋で、私が会った大道具方《おおどうぐかた》が描いた似顔絵を、春朗さんが仕上げたものだということを」

「そうだ。最初は、武士階級である能役者が描いたことにした方が高値がつく、ってぇ春朗の小賢《こざか》しい悪知恵だった。描いたのが大道具方の爺さんだってわかった後も、人目を誤魔化すために斎藤様を出入りさせてたんだが……。まんまと引っかかった野郎がいたってこったな」

蔦重はまんざらでもなさそうに、顎を撫でた。と、ふと真顔になり、

「けど、なんでおめえがそれを知ってる？」

タケ爺の目を覗き込んだ。

「あなたからの手紙に書かれておりました」

「そんなことを書いた覚えはねえぞ」

「今はまだ、書かれておりません。ですがあなたは約二ヶ月後、もう一度壺を掘り返し、手紙を書き足すのでございます。しかし、今私がこうして話したことで、その手紙の中身が変わるか、あるいはもはや書かれないのかもしれませんが……」

「なるほどな……」

「はい。……それで、腑に落ちないと申しますのは……」

「ああ、そうだった。続けろ」

「史実通り、歌麿さんがまだ生きているということは、もし私が歌麿さんを助けなかっ

たとしても、ほかの誰かが歌麿さんを助けていたのか。もしくは私のタイムスリップごと、あらかじめ歴史に組み込まれていたのか。あるいは私がタイムスリップした時点で、歴史が辻褄を合わせるべく動いたのか。それとも未来は成り行きで常に変化するのか。次元の違ういくつもの未来が用意されているのか……」

勢い込んで話すタケ爺を、思わず蔦重が止めた。

「ちょっと待て、タケ。何を言ってるのかさっぱりわからねえ」

「僕がまとめるよ。いい？」

タケ爺と一緒の時は時代劇ばっかり観てるけど、実は僕は、SF映画の方が好きだ。それも最近の、AIで作ったやたら精度の高い嘘臭いSFより、手作り感満載の、レトロなSF。『ブレードランナー』とか『ターミネーター2』とか『ガタカ』とか、切なくて葛藤のあるやつ。最初の『マトリックス』のCGは格好いいな、と思ったけど、シリーズを重ねるほどやり過ぎが鼻についてけた。

「ああ。頼む」

蔦重が促した。

「タケ爺が八年前に未来から江戸にタイムスリップした時は、タケ爺は自分のせいで歴史が変わらないよう、ただ見て学ぶだけに徹してたんだよね」

タケ爺はうなずいた。

「せいぜい料理を考案するだけで、未来の道具は使ったが、こちらの人々は奇術か特殊能力としか思ってなかったよ。突然未来に帰った時も、天狗《てんぐ》か仙人だということでカタがついたらしい。……そうですよね、蔦重さん」

「ああ。手紙に書いた通りだ」

「それに、江戸の人々は信心深い上に、不思議なことが起こっても、神様や妖怪のせいだと素直に受け入れる。狐や狸は人を化かすし、川には河童《かっぱ》がいて当然なんだ」

「そんなバカな！」

僕は声を荒《あら》らげた。

「何言ってんだ？　河童はいるに決まってんだろうが。俺はまだ会ってねえが、見た奴は大勢いるぜ」

蔦重が真顔で言った。うさんくさい話だ。

「じゃあ、狐や狸に化かされたことは？」

「そういやぁ昔、鱗形屋《うろこがたや》の親父が騙されてたな。夜、池の周りをぐるぐる回ってる親父を見た男衆が声をかけたら、我に返った親父が『おや、狐の嫁入りはどこ行ったの？』って。出くわしたんで跡をつけてたって言い張るんだが、男衆が見たのは親父一人だけ。狐に化かされたに違ぇねえって、当時はもっぱらの噂だったぜ」

「ムッシュは何かないの？　妖怪とか、幽霊を見たとか？」

「人魂なら子供の頃、兄貴と見たぜ」

「ヒトダマって？」

僕はタケ爺を振り返った。

「火の玉とか鬼火《おにび》とか狐火《きつねび》とも言う、幽霊の周りに浮いている、これぐらいの燃える玉だよ」

タケ爺は両手で、テニスボールぐらいの輪っかを作った。

「俺が見たのはそんなちんけな代物《しろもの》じゃなかったぜ。祭りの帰りに兄貴と夜道を歩いてたらよ、ヒュー、ヒューって妙な音がするんで見上げたら、三尺《サンシャク》以上のでっかい人魂が、ゆらゆらと尾っぽを揺らしながら林の方に飛んでったんだ。頭から尾っぽまで入れりゃあ、長さが一間《イッケン》はあったんじゃねえかな」

僕はタケ爺に目線で問いかけた。三尺だの一間だの言われても、サイズ感がつかめない。

「直径一メートル、長さ一八〇センチといったところだろう」

「それって人魂じゃなくて、ＵＦＯかなんかだったんじゃない？」

僕は声を潜め、

「なんとも言えんな……」

タケ爺も小声で返してきた。

「嘘じゃねえぞ。紀州から来た商人にその話をしたら、夜釣りに行きゃあ、時々海の上におんなじモンが出るってよ」

「C'est《セ》 insensé《アンセンセ》（意味分かんない）……」

お手上げとばかりにつぶやいた。

「孫！　フランス語はやめろって言っただろ」

「そうだった、ごめんなさい。……けど、狐も狸も河童も人魂も、信じられないことばっかりだもの」

投げやりに言うと、タケ爺が首を横に振った。

「ここではこういう話はゴロゴロしてるんだ。超常現象だけではないぞ。月の明るい夜は、里芋畑に蛸《たこ》が出るんだ」

「蛸って、海にいるあの蛸？」

「ああ。蛸は里芋が好物なんだ。だから海から上がって里芋を掘りにくるそうだ」

「見たの？」

「爺ちゃんは見ていないが、畑で蛸を捕まえたという百姓が、里芋と一緒に蛸を売ってた。蛸は知能指数が高いというから、舗装する前の土の道なら、十分あり得る話だな」

僕たちは小声でやりとりした。

「何を二人でこそこそやってんだ？　話をまとめんじゃなかったのかよ？」

蔦重がしびれを切らした。

「すみません。Gがいると、つい解説を入れてしまって……」

「そういうもんは、二人きりの時にきっちり話しとけ」

「はい……」

「で？」

蔦重は僕に向き直った。

「えーと、つまりタケ爺が前回来た時は、史実として、何も未来に影響を及ぼさなかったってことだよね？」

「歌麿の枕絵に、おめえの似顔絵を描いたぐれえのことだな」

「見た時は驚きました」

「だろう？」

ゴホン、と僕は咳払いして続けた。

「ところが今回のタイムスリップで、タケ爺はいきなり、人の、それも歴史に残る有名人である歌麿さんの生死に関わってしまった。このことが、未来にどう関係するのかってことだよ」

「続けろ」

「僕は歌麿さんが何歳で死んだのか知らないから、仮に六十歳ということにするよ」

「おう」

「歌麿さんは今、いくつ？」

「俺が四十五だから、歌は四十二だ」

僕はうなずいた。

「もし昨日、歌麿さんが死んでたとすると、僕らが来た未来の史実との間に、十八年の開きができる。……タケ爺、ほらなんてったっけ？『バタフライ・エフェクト』に似てる、日本のことわざがあったよね？」

「『風が吹けば桶屋が儲かる』だ」

「そう、それ！　歌麿さんがいる世界といない世界に十八年もの開きがあれば、その間に歴史は大きく変わっちゃうことになる。今回のことを考えてみると、大きく分けて、未来が変わらない場合と、変わる場合があることがわかる？」

蔦重は腕を組んで僕を見据えた。

「まず、未来が変わらない場合、三つのことが考えられる。一つ目は、何をしようが歴史は動かせないってケース。つまり、誰かが歌麿さんを助けることは最初から決まっていて、それがたまたまタケ爺だっただけで、もしタケ爺が来なければ、他の誰かが歌麿さんを助けてたってこと」

蔦重は、うなずく代わりに瞬きをした。

「二つ目。タケ爺のタイムスリップごと、歴史に組み込まれていたってケース。さっき二人が話してた、タケ爺の似顔絵を描き残したって話。もしタケ爺がタイムスリップする前から似顔絵が存在していたのなら、その可能性が高くなるけど、どう？」

僕が問いかけると、

「『歌まくら』をじっくり見たのは東京に帰ってからだから、元々そうだったのか、タイムスリップの後で顔が変わったのかは確かめようがないな」

タケ爺は首を横に振って答えた。

「そっか、残念。……なら三つ目は、タケ爺が来たことで変わってしまいそうな史実を、歴史の力が元に戻そうと修正するケース。つまりこの先、タケ爺が史実を変えようと動いても、結局は史実通りになっちゃうってこと。今回だって、もしタケ爺が来なければ、そもそも歌麿さんは、危ない目にも遭っていなかったかもしれないよ」

「ほう」

蔦重が感心したように顎を撫でた。

「次に、未来が変わる場合。これには二つのケースがあって、一つ目は、流れのままに、未来がどんどん変わっていくケース。史実が次々に塗り替えられていって、僕たちが元の世界に戻った時に、多かれ少なかれ、僕たちが知っている世界じゃなくなってるってこと。『東京リベンジャーズ』みたいに」

「なんだ、それは？」

「ああ、ごめん。ムッシュは知らなくて当然だよね。僕が昔読んだマンガ本の話」

「どんな話だ？」

「主人公が、好きな女の子の命を助けるために十二年前にタイムスリップして、命がけで原因となる事件を解決するんだけど、元の世界に戻った時に、そのことで変わってしまったそれまでの出来事を、主人公は知らないんだ」

考え込んでいた蔦重が顔を上げた。

「ちょっと待て。過去に行ってた主人公が現在に戻るまでの間、変わっちまった世界には主人公はいねえのか？」

「いや、別の主人公がその時代を生きてるよ」

「なら、主人公が戻ってきた時、そいつはどうなるんだ？」

「マンガではそこには触れられていないけど、たぶん入れ替わりに消滅するんじゃない？」

「なら、そいつの人生はなんなんだ？　主人公が戻ってくるまでの、代役みたいなもんか？」

「そんなことを僕に聞かれても……。あくまでマンガの設定の話だし。映画や小説だと、鉢合わせした主人公同士が生存をかけて殺し合う、なんて話もあるけど」

「情け容赦もねえな。……で、もう一つは?」

「もう一つは……えーっと、『パラレルワールド』をなんて説明すればいい?」

僕はタケ爺に助けを求めた。

「史実が変わった時点から枝分かれして、元の未来と新しい未来が両方同時に存在するという考え方です」

「どっちの未来にも、おめえはいるのか?」

「そういうことになります」

「なら全部で五つか。おめえはどれだと思うんだ?」

「それは……」

タケ爺が答えあぐねていると、蔦重はやれやれとため息をついた。

「考えてもわからねえことを、これ以上考えるこたぁねえんじゃねえか。わからねえってことがわかったんだから、それでよし、ってことで」

「………」

「けど、今の話は面白かったぜ。黄表紙《きびょうし》に使えそうだ」

「黄表紙ってなに?」

僕はタケ爺に聞いた。

「大人向けの絵本、みたいなもんだ」

「奇想天外な話は山ほどあるが、主人公が過去に行って未来を変える、ってのはなかなかねえ話だな。せいぜいが月に帰ったり、違う世界に行って歳を取ったり、若返ったりするだけで」

蔦重は着想に興味を持ったようだ。

「それ、知ってる。『かぐや姫』と『浦島太郎』だ! 小さい頃、ママンに絵本を読み聞かせしてもらったから。若返るのは……えーっと、そんな話あったっけ?」

「『桃太郎』だよ」

タケ爺がつぶやいた。

「えっ? 違うよ。あれって、おばあさんが川で洗濯してたら、大きな桃が流れて来て、割ったら赤ん坊が入ってたって話だろ? 若返りなんて出てこないよ」

「元々の話はそうじゃない。仙人がうっかり川に落とした桃源郷《とうげんきょう》……日本語英語ならアルカディアだが、フランス語ではなんと言ったかな? そうそうArcadie《アーカディ》の桃を、おばあさんが拾ってお爺さんと一緒に食べたら若返って、子作りをして生まれたのが桃太郎だ」

「そうなの⁉」

「江戸に来て文字の勉強をするのに、子供向けの『御伽草紙《おとぎぞうし》』を読むところから始めたんだ。爺ちゃんも知った時は驚いたが、赤ん坊が巨大な桃の中に入って流れてくる話よりよっぽど筋が通ってると思わないか？」

「なんで話が変わっちゃったの？」

「『子作り』が教育上よろしくないと、誰かが言い出したんだろう」

「そんなことだから、日本人は恋愛下手なんだよ」

「まったくだ」

するると、蔦重が呆れたように立ち上がった。

「お二人さん、そろそろ時間だ。俺は出かけなきゃなんねえから、話の続きはまた今度だ。とりあえず、おめえが戸惑っていることたぁわかった。俺も何か、これまでの書物で役に立ちそうなモンはねえか、探しとくぜ。じゃあな」

さすがに雑談が過ぎた。もはやとっくに死語だけれど、てへぺろ案件確定だ。

第六章　戸惑いからの脱却

Tomadoi karano dakkyaku

夕餉を済ませて手水《ちょうず》に向かうと、厠《かわや》から戻って来る春朗に遭遇した。
眉間《みけん》に深い皺を刻み、ドタドタと、廊下を踏み抜きそうな勢いで近づいて来る。その
まま、私など目に入らぬように大股で通り過ぎて行ったので、何事かと後をつけた。
春朗は勢いよく襖を開き、中に入ると、ピシャン！　と派手な音を立てて襖を閉めた。
私はかつて約三ヶ月、住み込みで働いた経験があるだけに、蔦屋耕書堂の構造は熟知
している。早速隣室に忍び込み、横の襖を五センチほど開けた。私がいる部屋には灯り
がないため、春朗からは気づかれにくいはずだ。
春朗は文机《ふづくえ》に向かい、画帖《がちょう》を見ながら何やら描いていたが、絵が気に入らなかった
ようで、クシャクシャに丸めて投げ捨てた。そんなことを何度か繰り返した後、脇に置
いた丸盆に載っている、とても硬そうな煎餅をバリバリと噛み砕き、仰向けに寝転んだ。

――これは相当に煮詰まっているな。

私は自室に戻り、あるものを取って帰って来た。


「春朗さん、竹蔵でございます。開けますよ」

襖の外から声をかけると、

「駄目だ！　入っちゃなんねえ！」

ガタガタと、慌てて部屋の中を片付ける音がした。

「承知しておりますのでご安心ください。写楽のお仕事、ご苦労様です」

途端にシンとなった。襖が少し開いたかと思うと、隙間を塞ぐように春朗がぴったりと襖に張り付いて、ギロリと私を見た（まるで『シャイニング』のポスターの、ジャック・ニコルソン状態だ）。

「何の用ですかい？」

ドスの利いた声で聞いた。蔦重から「写楽の正体がバレたらクビ」とでも言い渡されているのだろうか、警戒心が尋常ではない。

「疲れを吹き飛ばす、特別な菓子を持って参りました。どうか中にお入れください」

「菓子？」

春朗の声色が変わった。葛飾北斎が甘いもの好きだというのは、よく知られた話だが、やはり春朗時代からそうだったようだ。

隙間から春朗の姿が消えたかと思うと、行灯《あんどん》の灯《あか》りが漏れて来た。春朗が遠ざかり、文机に座るのが見える。入って来い、ということらしい。

「失礼致します」

私は膝を進め、手にした盆を春朗の前に滑らせた。盆にはほうじ茶と、非常食にと持参した、チョコレートが三粒載せてある。熱で溶けにくいよう、表面がコーティングされたタイプのチョコレートだ。個別にアルミで包装されていたものだが、この時代にはない素材なので外しておいた。

「私の地元で作られた、秘伝の菓子でございます。疲れが取れますので、どうぞお召し上がりください。ゆっくりと口の中で溶かして、柔らかくなってきたら、噛んでも構いません」

「………」

春朗はチョコレートを一つ摘まんでまじまじと眺め、そうっと舌の奥に入れた。目を閉じて口中で転がす。

「いかがですか？」

そろそろ甘みが広がってくる頃かと声をかけると、春朗はカッと目を見開き、私の顔を凝視したままでチョコレートを咀嚼《そしゃく》し、飲み込んだ。

小皿ごと残ったチョコレートを目の高さに持ち上げ、

「疲れが取れるってぇから、でっかい丸薬《がんやく》かと思ったら……。なんだこりゃあ⁉　初めて食べる味だが、極上々《ごくじょうじょう》に美味《うめ》え！」

喜色満面《きしょくまんめん》に言った。

私がチョコレートを初めて食べたのがいつだったかは思い出せないが、脳疲労を感じた時、チョコレートが悪魔的に美味いことは体験済みだ。チョコレートには疲労回復効果とリラックス効果がある。集中して脳をフル回転させなければいけない同時通訳者などは、常にチョコレートを携帯しているそうだ。

「秘伝、と申し上げましたでしょう？　これが何かはお教えできませんが、きっとお仕事がはかどるはずです」

「へぇ〜」

「お茶もどうぞ」

春朗は素直に勧めに従った。

「ありがとよ」

春朗は一口飲むとホッと息をつき、湯飲みを盆に置いた。

「もう一個食っていいか？」

「どうぞ。わずかばかりですが、全てお召し上がりください」

万が一アレルギーがあるとまずいので、少量しか用意してこなかったが、春朗は子供のように無邪気な笑顔で、二つめのチョコレートを口にした。うっとりとした表情でチョコレートを味わい尽くし、味が完全に消えた頃合いで口を開いた。

「美味かったよ、ご馳走さん。残りの一つは後でいただくことにする」

「どうぞご随意《ずいい》に」

「親父さんのおかげで、いい気晴らしになった」

春朗はすっかり上機嫌だ。

「何をそんなに行き詰まっておいでだったのですか？」

私はやっと本題を切り出した。いささか春朗との距離が縮まったようで嬉しかった。

「それがよぅ、蔦屋の旦那が急に『写楽の売り出しの枚数を増やすから、下絵を大急ぎで追加しろ』ってよ」

「追加枚数はどれぐらいですか？」

「初手《しょて》は人気役者を十四人描いたんだが……。端役《はやく》も入れていいから、十四枚の倍の二十八枚にしろってよ。彫りが間に合わねえから、朝までに三枚、他も一両日中になんとかしろって」

「まことでございますか？」

写楽の第一期は、一挙に二十八枚だったはずだ。ということは、これも当初の予定にはなかったということか。十四枚だったとしても、新人の売り出しにしては破格に多い。通常、無名の新人のデビュー作など、二、三枚がせいぜいだ。

だが、来月の五月興行は、江戸三座である中村座《なかむらざ》、市村座《いちむらざ》、森田座《もりたざ》が『寛政の改革』の煽《あお》りを食らった経営破綻により、揃って休座となったため、都座《みやこざ》、桐座《きりざ》、河原崎座《かわらざきざ》の控櫓《ひかえやぐら》三座が代わって興行を打つ。今後の存続がかかったこのピンチを盛り上げようと、これまで役者絵を出さなかった版元たちが、こぞって発売することになったのだ。

全ての芝居小屋を盛り立てるには、ある程度の枚数が必要になる。とはいえ、役者絵とは現代で言うブロマイドだ。春朗自身が八年前に言っていたように、絵師の腕前というより、役者の人気で売れ行きが決まる。人気役者の浮世絵は採算が取れるが、端役の浮世絵なんぞ、なぜ出したのか？　このことが、現在まで続く写楽の謎の一つとなっている。

蔦重がまだ二十代半ばの、貸本屋兼『吉原細見《さいけん》（吉原遊廓のガイドブック）』の雇われ編集長だった頃、妓楼をスポンサーに『一目千本《ひとめせんぼん》』という、花魁のイメージを挿花《さしばな》の作品集に見立てた贈答本を作ったことがあった。

そこには、当然載っているべき松の位の花魁の名前がなかったり、逆に無名の花魁の名前が書かれていたりしたため、その結果、花魁の人気ランキングを変えてしまった。つまり、『一目千本』に載っていることがステイタスとなり、金を出し渋って掲載されなかった妓楼や花魁の人気が落ちた、というわけだ。

若き日に最初に手がけた本で、蔦重はメディアが持つ影響力の凄さを自覚したことになる。

その時のことと照らし合わされ、写楽の役者絵の人選は、出資金の違いだろうと言われてきた。だが今の春朗の話を聞くと、スポンサーの力などではなく、枚数にこだわった結果、端役も数に入れた、ということになるのだろうか。

「なぜ、そのような……」

つぶやいた私に、春朗がうなずいた。

「だろ？　下っ端の役者の絵なんざ、誰が買うってんだ。若手を後押ししてぇのかもしれねえが、それならもっと見栄え良くすりゃあいいのに、このままでいいってよ」

春朗が見せてくれた画帖には、様々な役者の似顔絵が描かれていた。とても美形とは言い難い、リアルな描写だ。

「これを、大道具の方が……」

春朗がハッと私を見た。

「親父さん、本当になんでも知ってんだな。……そうだよ、親父さんの息子が会った、あの爺さんが描いた絵を元に、俺が下絵を描いてんだ」

「つまり写楽は、あなたとこの方の合作、というわけですね」

「まあな。初めの頃は、歌麿大明神も加わって進言してくれてたんだが、もう大丈夫だろうってんで任されるようになった。十四枚はすんなり決まって、九枚は描き足したんだが、あと五枚がどうにもなんねえ。いくら端役でいいったって、役者も役柄もてぇしたことねえのに、一枚絵になるもんかってんだ」

毒づいて春朗は、ほうじ茶を啜った。ふと気づいたように、

「そういやぁこの茶、わざわざ茶っ葉を炙《あぶ》ってくれたのか？」

と顔を上げた。

「ええ。焙《ほう》じたばかりの茶葉を使った方が、香ばしさが出ますので」

「この菓子に、この茶がよく合ってるな」

我が意を得た嬉しさで、私はにこやかにうなずいた。

本来ならチョコレートにはコーヒー、といきたいところだが、当然のこと江戸にはないため、煎茶《せんちゃ》ではなく、香ばしくてチョコレートに合うほうじ茶にしたのだ。

「組み合わせ、か……。そうか、その手があったか！」

春朗は急に声を上げ、文机に向かった。

「どうされました？」

サラサラと、一枚の紙に人物を二人、描いてゆく。

「一人で一枚絵にならなきゃ、二人にすりゃあいいんだ。何も大首絵は一枚につき一人

だけ、と限ったわけじゃなし……」

まるで鬼神が乗り移ったかのように、春朗の目はギラギラと輝き、ニイーッと不敵な笑みを浮かべ、猛烈な勢いで筆を進める。

役者大首絵の二人立ち。

先に写楽の作品群を知っていたために気づかなかったが、そういえば写楽以前の大首絵に、そのような構図はなかったはずだ。

「細いのと太いの、上がり眉と下がり眉、善玉と悪玉。きひひひひ……」

奇っ怪な笑い声を発しながら、春朗は次々に筆を走らせてゆく。

私は音を立てないよう、静かに部屋を後にし、蔦重の部屋に向かった。


「蔦重さん、少しよろしいですか？」

部屋の前で声をかけると、

「タケか？　丁度いい。入れ」

機嫌がいい時の蔦重の声だ。

「失礼致します」

蔦重は、畳の上に写楽の摺見本を十四枚並べて見入っていた。

「これを見てみろ。正面摺《しょうめんずり》で黒雲母を入れさせてみたんだが……いい出来じゃねえか」

そこには、市川鰕蔵《いちかわえびぞう》に大谷鬼次、岩井半四郎《いわいはんしろう》など、私がよく知っている写楽の役者絵が並んでいた。

「……そうか。おめえはすでに仕上がりを知ってるんだよな」

沈痛な面持ちの私を見て、蔦重は残念そうに言った。私は首を横に振った。

「確かに存じてはおりますが、年数が経って色褪《いろあ》せ、黒雲母が剝げた状態のものばかり見ておりましたので、摺り立てがこのように美しいとは、存じ上げませんでした」

「そうかい。……孫が口を滑らせたことを、気にしてんのか？」

「それもございますが……。実は今、春朗さんに会って来ました」

蔦重はニヤリと笑った。

「野郎、困ってやがっただろう。俺ぁこれを見て閃《ひらめ》いたんだ。黒光りする背景に役者が浮かび上がるってのは、日が落ちて暗くなった芝居小屋で、蠟燭《ろうそく》の灯りで見る歌舞伎役者そのものだってな。写楽の売り出しには、耕書堂の店先を写楽一色に染めるつもりだ。

ちょうど飾り棚に収まる二十八枚を写楽の新作で埋めて、後ろの壁に吊る絵も写楽だ。離れて見りゃあ、まるで芝居小屋の再現だぜ」

「飾り棚……。なるほど、それで二十八枚だったのでございますか！　無名絵師の売り出しにしては、豪気過ぎると思っておりました」

耕書堂の飾り棚は七列×四段。全て並べれば二十八枚になるのだ。急遽《きゅうきょ》枚数を倍にした理由に合点がいった。芝居の舞台には当然端役も立つ。つまり蔦重は、役者絵一枚の売れ行きより、店頭ディスプレイ効果を狙った、というわけだ。

——名プロデューサーであるだけでなく、優れた演出家でもあったのか……。

「今から五月の芝居興行に間に合わせるのは大変だが、まあ無理難題をふっかけたって、なんとかするのが春朗のいいところだ。描けねえ、なんて口が裂けても言わねえ奴だからな」

「春朗さんは今、乗りに乗って描いておられます」

「ほぉう。そりゃあ幸先《さいさき》いいや」

ふと、私は我に返った。二十八枚の謎が解けた喜びで一瞬忘れかけたが、ここに来た目的を果たさねば。

「実はその絵に、私が手を貸したかもしれないのでございます」

「どういうこった？」

蔦重は身を乗り出した。

私は、描けなくてイラつく春朗を見かねて、疲れが取れる未来の菓子と、ほうじ茶を持っていったところ、春朗が組み合わせの妙に気づき、役者大首絵の二人立ち図を描き始めたことを告げた。

「なるほどな」

「黒潰《くろつぶ》しに次いで構図までもが、私たちがタイムスリップしたことで写楽の作品に影響しているとなると……。夕刻の話の続きになりますが、これはもう、あらかじめ私のタイムスリップが、歴史に組み込まれていたのではないかと思えるのでございます」

「孫が言ってた、未来が変わらない場合の二つ目のケースってやつだな」

どうやら蔦重は、Gの話をきちんと理解しているようだ。

「はい。……もちろん、Gや私がきっかけにならずとも、蔦重さんと春朗さんが、遅かれ早かれご自身で思いつかれる可能性も高うございますが」

「なあ、タケ」

蔦重は私をじっと見つめた。

「俺にゃあ端《はな》っから謎なんだが、そいつをはっきりさせなきゃいけない理由はなんなんだ？」

「え……？」

「ケースとやらがいくつあろうが、どっちだっていいじゃねえか。現におめえは今ここにいるんだし、おめえのせいで歴史が変わったとしても、そンときゃあそンときで」

私はポカンと蔦重を見つめ返した。

「しかし……」

「よしんばおめえが来たせいで、誰かが死んだり、産まれなかったりしたところで、『歴史を変えちゃあいけねぇ』なんて決まりが、どこにあるんだ？」

「………」

「全部おめえの思い込みだろうが。そんなもんに振り回されて変わるんなら、それがそいつの運命ってもんじゃねえのか？」

「そんな無責任なことでいいのでしょうか？」

蔦重は腕を組んだまま、首を傾げた。

「おめえは一体、誰に責任を取りたがってんだ？」

「……は？」

「例えばだ。もしおめえたちがやって来なくて、俺が黄潰《きつぶ》しのまんま写楽を出して売れなかったとしても、そいつは誰でもねえ、俺の責任じゃねえのか？」

「それは……。しかしあなたは私に、何も教えるな、と」

「そいつはよう、タネのわかった奇術が面白くねえってだけのこった。おめえは答えがわかってて、そこに向かうよう、俺たちを誘い込んだわけじゃねえんだろ？」

「はい、もちろん」

「もっと言やぁ、最初のタイムスリップだって、おめえをここに落としたのはお稲荷さんで、望んで来たわけでもねえんだから、おめえのせいで歴史が変わって、どれだけの不都合が起ころうが、そりゃあお稲荷さんの責任だ」

「はぁ……」

「なら別に、史実ってモンに縛られることはねえんじゃねえか……。考えてみろよ。今回の歌麿の件がもし逆で、歌麿が火事で死ぬことが史実として残っていたとするよな。そこにタイムスリップして来たおめえが偶然居合わせたら、おめえは史実を守って歌を見殺しにするのか？」

「まさか」と私は目を見開いた。

「いいえ、必ず助けます！」

「なっ？　何があろうと、その場になりゃあ助けずにいられねえだろうよ。しょせん、なるようにしかならねえんだ。おめえもせっかく江戸に来られたんだから、グダグダ悩んでねえで、ここでの生活を満喫すりゃあいいじゃねえか」

「……」

「煮え切らねぇ野郎だな。いっそのこと、わざと史実に逆らってみるってのはどうだ？」

「どういうことでございますか？」

「この時代に絶対にないものを流行らせるとか、おめえの知ってる写楽と、違うもんを売り出すとか。今手掛けてる二十八枚は変えてもらっちゃ困るけどよ、俺ゃあだんだんと、史実通りに運んでるってことが腹立たしくなって来たぜ。ほらあれだ、三蔵法師《さんぞうほうし》が天竺《てんじく》に経典を取りに行く『西遊真詮《さいゆうしんせん》』」

「ああ、『西遊記《さいゆうき》』ですね。孫悟空が觔斗雲《きんとうん》に乗って相当な距離を飛んだはずなのに、しょせんはお釈迦様の掌の上から出ていなかった、という」

「おめえの時代は『西遊記』って題目なんだ?」

「はい」

「やっぱり本ってのは面白ぇよな。遠い異国の話でも、こうやって何百年も伝わってくんだよな。書いた人間はとっくに死んでんのによ」

「そうですね」

「ともあれ、歴史ってもんが、どなた様の采配なのかは知らねえが、おめえの行いが歴史を変えるの変えないのって、そんなことを神様と同じ位置に立って推し量ろうってのが、そもそもおこがましい話じゃねえのか? 俺たちゃあせいぜい、俗世で精一杯、足《あ》掻《が》いて生きてりゃいいんだよ」

「そう……ですよね!」

私の心の靄《もや》が、やっと晴れた。当の本人がこう言っているのだから、もう迷うことはない。史実がどうなろうと知ったこっちゃない。親しい人間が死ぬとわかってて見殺しに……、なんてできるはずがない。

「わかりました。そうと決まればあなたに二つ、お願いがあります!」

私はシャキッと背筋を伸ばした。

「なんだ、何が決まったんだ？」

さっきまでグジグジと悩んでいた私の豹変ぶりに、蔦重は多少たじろいだようだった。

「まずは明日からまた、お勝手を手伝わせてください」

蔦重の健康管理をするには、私が食事を作らねば。

「そりゃあまぁ、お民《たみ》がいいって言うなら、俺は構わないが」

「お民さん、まだいらっしゃるのですね！」

「いるぜ。八重《やえ》は縁づいたけどな」

「そうですか……！　それは良かった」

二人は八年前の、いわば同僚だ。まだ十代で、あどけなかった八重の姿を思い出し、感慨深くつぶやくと、

「で、もう一つは？」

話が横道に逸《そ》れそうなのを察してか、蔦重が先を促した。

「実は、買っていただきたいものがあるのですが、一旦部屋に戻って、取って来てもよろしいでしょうか？」

「……ああ、構わねえよ」

「では」

立ち去りかけた私を、蔦重が呼び止めた。

「そうだ、タケ」

「はい」

「未来の菓子とやら、俺にも食わせてくれ」

「もちろんでございます」

私は晴れ晴れとした気分で、部屋を後にした。


——蔦重を、脚気なんぞで死なせはしない。できる限り阻止してやる！

それこそ、私がここに来た意味があろうと言うものだ。白米ばかりの食生活を変えさせなければ。ビタミンB_1を多く含むおかずを、積極的に摂取してもらい、『江戸わずらい』を回避するのだ。それで寿命が延ばせれば、蔦重のことだから、さらに伝説になるような功績を上げるだろうし、未来が変わったら変わったまでだ。

けれど寿命のことは、まだ蔦重には黙っていることにした。写楽の売り出しという一大プロジェクトを前に、「三年後に死ぬかもしれない」などという気がかりを与えたくはなかったからだ。それまではやれることをしよう。

そして、写楽が一段落したら、蔦重にはこのことを話そうと思う。蔦重のことだから、知っていて黙っていられることを嫌うだろう。

「知ってりゃあ、あがりを逆算できたのによ！」

と、恨み言を言われるに違いない。さらに言えば、寿命を聞いて落ち込むような男ではないと信じたい。

もし歴史が辻褄を合わせるために、何か他のことで蔦重の寿命が尽きたとしても、手を尽くして、やれるだけのことをやっていれば悔いはないだろう。


チョコレートを美味そうに食べて満足した後、蔦重は、私が東京で仕入れてきた、長さが八センチメートルぐらいの『子供用ミニ鉛筆十二本セット』の箱を受け取った。

前回、私が使っていたボールペンを、「墨をつけずに書き続けられる筆」だと、蔦重は興味津々だった。ボールペンはさすがにこの時代にはないが、鉛筆ならすでに海外で発明済みだし、自然素材で風化するため、多少のデザインや形状の違いは誤魔化せる、と考えて用意してきたものだ。それに、掌サイズだから使っていても目立たず、根付や印籠《いんろう》や簪《かんざし》など、小物好きの江戸では、小さい方がありがたがられると思った。

蔦重は、箱からミニ鉛筆を一本取り出して丹念に眺めた。私は、いつでもメモできるよう、袖に入れている八つ折りの和紙を差し出した。蔦重は嬉々として紙を受け取り、渦巻き状にぐるぐると線を引き始めた。芯がなくなって書けなくなると、無言で私に抗議の目を向けた。

「ボールペンのようにはゆきません。この時代にない素材でできたものをお譲りするのはまずいでしょう。それにほら、楊枝を削るように削れば、また芯が出てくるので書けるようになります。芯が固くて滲まないので、細かい線が書ける上、持ち歩きにも便利です」

「ほう……」

「全部とは言いません。今お使いの一本は見本に差し上げますので、何本か買っていただけませんか？」

「そうだな」

言って蔦重は文箱から短刀を取り出し、紙を広げて、その上で鉛筆を削り始めた。

私の子供時代には、筆箱に必ず、カミソリ状の刃を挟んで折りたたんだ形状の、薄くて小さいナイフが入っていて（ミッキーナイフという製品だったと思う）、主に鉛筆削り用だった。紙一枚ぐらいなら切れるが、歯が薄いので、カッターのように何枚も一緒に切ることはできなかった。誤って指を切ることはあっても、人を刺すことなどできない。

――今の子供は、あんなものでも持っていると危ないと取り上げられるのだろうな。

「これでいいのか？」

蔦重はゴボウのささがきでも作るかのように、鉛筆を固定し、短刀をスライドさせて鉛筆を削った。

「いえ。短刀の背に、鉛筆を持っている方の親指を当ててしっかり固定し、短刀を押し出すようにして削るのでございます。この方が加減できます。鉛筆を回しながら、全体をできるだけ均等に。芯を長く出すと折れやすくなるのでお気をつけください」

私が短刀を借りて使い方を教えると、蔦重はすぐさまマスターして鉛筆を削り終え、再び紙に渦巻きを書き始めた。

「こりゃあいい」

満足して財布を探り、小判を私の前に、トランプを広げるように扇状に並べた。なんと十一枚もある。

「全部買うぜ。南蛮渡来の品物だと言えば、買い手がつくだろう」

とはいえ、十一両はもらい過ぎだ。手代《てだい》だった頃の賃金のおよそ六年分で、現代の価格に換算すると、約百五十万円だ。

「一両でも十分過ぎます。正直申し上げて、未来では一本四文ぐらいで売っているものでございますよ」

私は小判を一枚だけ受け取って、残り十枚を返そうとした。

「心配すんな。こいつにはそれくれえの価値はあらぁ。それに、いつまでここにいるつもりか知らねえけど、いつ何時《なんどき》必要になるかわかんねえし、金なんてもんは、なけりゃ困るが、あり過ぎて困るこたぁねえだろう。それでも気が咎めるってんなら、未来へ帰る時に残りを返してくれりゃあいい」

確かに。蔦重の寿命を延ばすという目的を果たすには、あと三年はここで暮らしたい。Xデーは一七九七年五月六日。蔦重がこの日を越えられるかどうかを、しっかりと見届けたいのだ。

私は礼を言って十一両を受け取った。

「ところでよう、こないだ『歌まくら』を未来で見たって言ってたけど、かなりの骨董品だろ？　向こうじゃいくらするんでぃ？」

「話してよろしいのでございますか？」

「ああ。聞いたところでこっちの売値は変えられねえんだから、構わねえよ」

「左様でございますか。……恐らくは、こちらの売値の二百倍以上かと」

「へぇ〜。そりゃあすげぇな」

まんざらでもなさそうに、蔦重は顎を撫でた。

「それでも枕絵はまだ、安い方なのでございます。あなたと歌麿さんが『美人大首絵』を生み出した時に手がけた、『婦人相學十躰《ふじんそうがくじってい》』『婦女人相十品《ふじょにんそうじっぽん》』『歌撰恋之部《かせんこいのぶ》』などの美人大首絵は、たった一枚で『歌まくら』全十二図の価格を超えるほど、世界中で評価されています」

功績を喜ぶかと思いきや、蔦重は憤慨した。

「なんでだ⁉　こっちじゃ枕絵は贅沢品だぞ。ご禁制をかいくぐって、絵柄をじっくり吟味して、彫摺《ちょうしゅう》にも時間をかけてだなぁ、……」

珍しくむきになった。確かに、売値だけを鑑《かんが》みても、美人画一枚が千円前後なのに対して、枕絵は一枚一万円前後もするのだから、価値が完全に逆転している。しかも秘密裏に出す枕絵は、バレれば咎めを受けかねない。出すのに覚悟が必要なのだ。

「『歌まくら』がどれほど素晴らしいかは承知しております。特に、第十二図のオランダ人夫妻の巻き毛の彫りは、これを版木に彫ったのだと思うと、見ているだけで気が遠くなりそうでした。情欲を誘うことが目的で、あのような悪趣味な絵を出すはずはございません。あれはまさしく、技を見せつけるための一枚であったのでございましょう？」

「まあ、そんなところだ」

私の感想が的を射ていたのか、蔦重は鷹揚《おうよう》にうなずいた。

そういえば、写楽を出すに至る片鱗は、すでにここにあったのかも、と思い当たった。『歌まくら』第十二図の、中年のオランダ人夫妻の交合図は、思わず目を背けたくなるほどグロテスクで、色気の欠片《かけら》もない。恐らく、異人を忌み嫌う人々にとっては胸のすく思いだっただろう。

手紙の中で蔦重は、役者ファン以外の人間に向けて写楽の役者絵を売るつもりだ、ということが書いてあった。女性たちが熱狂して騒いでいる役者たちは、本当はこんな顔してんだぞ、という揶揄である。

それはすなわち、芝居小屋を潰したがっている幕府としても歓迎すべきことで、蔦重は一見芝居を応援するように見せて、その実、目をつけられていた幕府の機嫌を取ったとも考えられる。そうすれば、しばらくはお上を油断させられて、出したい本を仕掛けられるからだ。

役者や贔屓筋、芝居関係者は怒るだろうが、現代でも、フォロワーを増やすために、わざと炎上投稿を続ける人間がいるように、そのうち味方をする人間が出始めて賛否両論が飛び交い、認知度が上がる。

――なんだ、歌麿が仕掛けた自己犠牲と、おんなじじゃないか。

歌麿は蔦重を守るために、自分がわざと尊大に振る舞い、恩知らずと思わせて、蔦重が同情を買うように仕向けたのだと、蔦重からの二通目の手紙に書いてあった。

蔦重も、自分が芝居関係者から憎まれることで、支援者を増やし、芝居熱を高めようとしたのかも知れない。最初から、写楽が売れようが売れまいが関係なく、話題が作れれば良かった、と……。

「おい、タケ、どうした？　目が虚《うつ》ろだぞ」

蔦重に声をかけられて我に返った。

「おめえ、爺ぃになって帰ってきてから、なんか変だぞ。……ボケたのか？」

「いえ、すみません。考え事をしていて……」

「考え事だぁ？　まあ、おめえは色々と知っちまってるだろうから、考えることも多いだろうが……。それでも以前は、俺を目の前にして、心ここに在らず、なんてこたぁなかったぞ」

「ご無礼致しました。……ところで何の話でございましたか？」

蔦重はやれやれといった風に、ため息をついた。

「やっぱりおめえ、ボケてんだろ？　ボケてる奴は、てめえでボケてるって言わねえからな」

「すみません……」

「まあいい。『歌まくら』が美人画より安いのが解《げ》せねえって話だよ」

「左様でございました」

私は居ずまいを正した。

『歌まくら』に限らず、いずれ異国の文化や習慣が日本に入ってくるようになると、海外の価値観で、枕絵は淫《みだ》らで下品で恥ずべきものとして扱われ始めます。持っていることさえも恥だと隠され、所持者が亡くなってしまうと、枕絵の価値を知らない子孫やその家族が破棄したり、ぞんざいに仕舞い込んで、黴《かび》や虫食いで台無しになったり……。そのように扱われていた時代が百五十年ほど続きましたが、今から約二百二十年後に、日本で初めて大規模な枕絵だけの展覧会が開催され、枕絵はようやく見直されます」

「くそったれが。作る方の気持ちを考えてみやがれってんだ」

「まことに……」

「まあ、今のご政道じゃあ、当分枕絵には手をつけられねえが、時流がくりゃあ、未来の人間がおったまげるような、『歌まくら』以上のもん出してやらぁ！」

蔦重が息巻いた。評価が下がると告げられたのになお、この負けん気と反骨精神。それでこそ蔦屋重三郎だ。

何十年先になるかはわからないが、私は枕絵の世界的評価がもっと高くなり、『歌まくら』がいずれ、美人大首絵より価値が上がると信じている。それに『歌まくら』以上の枕絵集を、蔦重ならきっと出せるだろう。

ただし、生きてさえいれば……だが。

蔦重は私に向けて、にゅっと手を開いて差し出した。

「はい？」

何事かと蔦重の顔と掌とを見比べていると、

「菓子だよ。むかっ腹が立った時に食えばおさまるんだろ？」

催促された。私は「なんだ」と笑って、袂《たもと》に入れておいたチョコレートの残りを取り出し、アルミの個別包装のまま、蔦重の掌に乗せた。

「このままお持ちいただければ、好きな時にお召し上がりになれます」

「おう、わかった」

蔦重はほくほく顔でチョコレートを受け取った。食べるまでもなく、苛立ちはおさまったようだ。


だが……。

蔦重は私を「爺ィになった」と笑うが（二十代半ばの見かけだったものが、七十代半ばで現れたのだから当然だ）、蔦重にしても、八年しか経っていないとは思えないほど歳を取り、苦みばしった顔つきになっていた。

総じて、江戸の人々の老いは早い。ムダ毛に気を使い、肌をこれでもかと磨くのに、せいぜい女性用の化粧水があるだけで、サプリメントや保湿液などとは無縁のため、乾燥肌の人が多い。

江戸時代は小氷河期であるのに加え、北関東の空《から》っ風《かぜ》で土埃《つちぼこり》に晒されて乾燥しまくる＋紫外線に当たりまくりで、無頓着に過ごせば、シミやシワが増えるのは当然だろう。

この時代の女性は三十歳を過ぎたら大年増《おおどしま》と言われるが、それを一概に「失礼な！」とは言えないほど老け込んでしまうのだ。未来では、一般の男性もエステに行くし、化粧もする、などと知ったら腰を抜かすに違いない。

元々精悍《せいかん》な蔦重の顔には、ただ経年劣化しただけではない凄みが現れていて、それが彼を実年齢よりも上に見せている。不健康そうな馬琴が老けて見えるのとは、違う種類の歳の取り方だ（ちなみに、春朗こと北斎はエネルギッシュで若々しく、実年齢より五歳は若く、三十そこそこに見える。さすが九十歳まで長生きしただけのことはある）。

蔦重が老けたのは、おそらく『寛政の改革』のせいだ。様々な締め付けが行われた中で、松平定信は、公序良俗を乱す本にとことん統制をかけた。

その災いは、私も何度か宴席に参加させてもらった『吉原連』の面々の、まずは武家階級に及んだ。

「町人に交じって御公儀を揶揄するとは何事だ！」

というわけだ。

四方赤良《よものあから》こと大田南畝《おおたなんぽ》は、松平定信の政策を批判した有名な狂歌『世の中に蚊ほど（これほど）うるさきものはなし　ぶんぶ（文武）といひて夜も寝られず』の作者だと疑われ、吊し上げを食らった。それまでにも、田沼意次《たぬまおきつぐ》の腹心だった、勘定組頭《かんじょうくみがしら》の土《つち》山宗次郎《やまそうじろう》とつるんで吉原で豪遊していたために、意次が失脚し、宗次郎が横領の罪で斬首され、関与を疑われたのだ。

幸い罪には問われなかったが、以降は筆を折り、忠実な幕臣となっているはずだ。

朋誠堂喜三二《ほうせいどうきさんじ》は、『文武二道万石通《ぶんぶにどうまんごくとおし》』という大ベストセラーで、鎌倉時代に置き換えて、寛政の改革をユーモラスに皮肉ったことで、秋田佐竹藩主からきついお叱りを受けて絶筆した。

恋川春町《こいかわはるまち》は、盟友である喜三二の『文武二道万石通』に呼応する形で、翌年『鸚鵡《おうむ》返《がえし》文武二道《ぶんぶのふたみち》』を発表。同じく平安時代になぞらえて政策を非難したため、幕府から呼び出されたが、罪を認めると駿河《するが》小島《おじま》藩主に累《るい》が及ぶのと、お家の取り潰しを恐れて、病気と偽って出頭せず、隠居した。その後すぐに亡くなったため、自害したのではないかと言われている。

この二冊の本をプロデュースした蔦重が、己を責めなかったはずがない。

その後、さらに締め付けは厳しくなり、娯楽本を出すことさえ禁じられた。

そんな中、山東京伝が遊女たちの生活を描いた『娼妓絹籭《しょうぎきぬぶるい》』と『錦之裏《にしきのうら》』、深川仲町《なかまち》で行なわれていた遊女の出張サービスを描いた『仕懸文庫《しかけぶんこ》』の三冊が発禁になり、京伝は手鎖《てじょう》の刑に処された。

手錠をつけたまま五十日間生活しなければならない、という不自由極まりない刑で、五日に一度、手錠に貼った紙が剥がされていないか改めに来るため、誤魔化すこともできない。

同時に、蔦重自身も身上《しんしょう》半減の刑を受け、財産を半分没収された。版元が実刑を受けるのは初めてのことで、蔦屋は見せしめにされたのだ。

その後、筆を折るつもりだった山東京伝を説き伏せて、『箱入娘面屋人魚《はこいりむすめめんやにんぎょ》』という、浦島太郎が乙姫を裏切って、鯉の遊女と浮気し、二人の間に生まれた人魚が、捨てられ、漁師に拾われて妻になり、遊女にもなるが、最後は人間になって大団円を迎えるという、荒唐無稽な黄表紙が発売された。この本の序文に、蔦重自身が手を突いた絵で登場し、『まじめなる口上《こうじょう》』として、復活宣言がなされたのだ。

これ以降の、蔦重が本格的に錦絵の売り出しを始める起死回生プロジェクトについては、せっかく功労者がそばにいるので、明日、本人に確認してみようと思う。

東京に戻ってからの二十年間で、私はできる限り蔦重周りの情報を収集し、学んだ。フランスを拠点に、妻の佐和子とともにたくさん世界旅行をしたが、まず訪れたのが、浮世絵を持っている美術館だった。

幕末以降浮世絵は、輸出用の茶箱のラベルや詰め紙にされてヨーロッパに輸出された。その価値に気づいた人々の間で、浮世絵の収集が盛んになると、来日した外国人や、日本の画商が大量に買い集めて海外へ運んだ。

きわめつけは大正十二年（一九二三年）に起こった関東大震災で、浮世絵ばかりか多くの版木が燃えてしまった。

さらにとどめは太平洋戦争に負けたことで、地方に残っていた浮世絵も、勝戦国の機嫌を取るためにプレゼントしたり、タバコや缶詰やチョコレートと交換したり、奪われたりしたため、名品の多くは、海外に持ち出されてしまったからだ。

そもそも日本では、現在の価格に換算して千円前後で買えた浮世絵は、屏風や壁に貼られたり、襖の裏張りにされたり、せいぜいがまとめて箱に入れて押入れに仕舞われるかで（そのせいで黴びたり虫に食われたりした）、たいして大切に扱われていなかった。

逆に、コレクションしていた人は大事にするあまり、縁をカットしたり、裏張りで補強したり、台紙に貼ったりしたので、これまた価値が落ちるのだ。

その点、欧米では美術品として現物のまま、一枚ずつ和紙に挟み、しっかりと温度＆湿度管理されて保管されていたのだから、状態もすこぶるいい。

つまり不幸中の幸いで、海外に持ち出されたからこそ、名品が名品として残ったとも考えられるのだ。

日本では未見の多くの浮世絵を、海外の美術館で鑑賞できたり、アンティークショップで手に取ることができたのは僥倖《ぎょうこう》だった。

第七章　立ち上がるタケ　Tachiagaru Take

翌朝、朝餉を済ませるとすぐ、私はGを連れて歌麿の部屋に向かった。

Gは昨夜、私が手水に行ったまま、やっと戻って来たかと思ったら、チョコレートを取ってまた出て行き、今度こそ帰って来たはずなのに、再びチョコと鉛筆を持って出て行ったきり、なかなか戻らなかったので、おかんむりだった。

「仕方ないだろう。お店の人たちに、Gを見られるわけにはいかないのだから」

と諭しても、

「夜、あの部屋にひとりぼっちにされたって、テレビもゲームもないし、ムッシュが置いてった本も僕には読めないしで、何もすることがないじゃないか！」

と、聞く耳を持たない。

「先に休んでいれば良かったのに……」

「嫌だよ。タケ爺が帰ってくるまでは、心配で眠れないよ」

思わずグッと来ることを言われて、歌麿の手当に連れて行くと約束したのだ。廊下に出ずに、こうして横の襖から部屋を通って移動すれば、人目につくこともない。

歌麿の足の傷は、順調に回復していた。この分なら三、四日も寝ていれば歩けるようになるだろう。

「その少年は、タケさんの……？」

半身を起こして歌麿が聞いた。

「孫のジェラールでございます。私はジェイ、と呼んでおりますが」

「ジェイ？」

歌麿が首を傾けた。

「はい」

私が頷いた途端、Ｇが、

「なんだ、江戸の人でも僕の名前、発音できるんじゃないか！」

声を上げげた。

「それをなんだよ、ムッシュの奴、『孫、孫』って……」

ぶちぶちと文句を言うのを、歌麿がフォローした。

「私は下町言葉を話しませんので、『ひ』と『し』を混同しませんし、『さしすせそ』もきちんと話せます。けれど蔦重は……」

「でも確か、蔦重はわざと汚い言葉を使ってるんだよね？」

Gが私に同意を求めた。

「歌麿さん、すみません。Gには話してしまいました」

歌麿はやれやれと笑って、

「左様でございましたか。では誤魔化せませんね。……蔦重はおそらく、ジェイさんに従いたくなかったのでございましょう」

いきなり核心を突いた。

……そうだった。歌麿は、一見物腰が柔らかくて親切なのだが、時々グサリと心をえぐるようなことを言うことがある。私も最初に鋭く刺された時は、どれほど落ち込んだことか……。

黙っていられるより百倍いいが、もう少しオブラートに包んでくれてもいいのに、と思う。

「G《ジェイ》でいいよ。「ジェイさん」なんて呼ばれたら、ホラー映画を思い出しちゃう」

Gは肩を震わせた。小さい頃『13日の金曜日』を観て、恐怖のあまり硬直し、しばらくオネショ癖がついて悩まされたことがあるのだ。「ジェイソン」を連想する呼ばれ方は、トラウマが疼くのだろう。

「G？」

歌麿の発音が、さっきよりナチュラルになっている。きっと耳がいいのだ。

そう、とGはうなずき、

「で、ムッシュが僕に従いたくないって、どういう意味？　別に、名前の呼び方を強制した覚えはないけど」

不服そうに言った。

「正しくは『覚えたくない』ということでございます」

来た！　第二矢《し》だ。

「えっ？」

Gは驚いて聞き返した。シニカルでウィットに富んだ会話には慣れていても、ド直球には不慣れなはずだ。

「蔦重は、覚える必要がないと判断した相手のことは、『先生』『親方』などと、敬称だけで呼びます。Gには敬称がないので、タケさんとの関係性で呼んだのでしょう」

「C'est《セ》 vraiment《ブレマン》 pas《パ》 sympa《サンパ》!（酷い！）」

「では伺いますが、Gは、蔦重に認められるようなことを、何かしましたか？」

「………」

「認められればきっと、名前を呼んでいただけるようになりますよ」

「そうだG。歌麿さんだって一見穏やかだが、この通り厳しいんだぞ」

　私が口を挟むと、

「わかったよ……」

　Gがしょんぼりとつぶやいた。ここで一発奮起できないところが、私の血筋なのだろうな。

「ところでG。さっきから『ムッシュ』と呼んでいるのは、蔦重のことですか？」

　歌麿が尋ねた。

「……うん」

「フランス語で『旦那様』という意味なのですが、Gには『Tsutaju』が発音しにくいので『ムッシュ』と呼ぶことを許してもらっています」

私が、落ち込んだGに代わって答えると、歌麿は呆れたように目を見開き、

「なんとまあ。お互い様だというのに、よくも文句が言えたものですね。それを許す、タケさんもタケさんです」

小言を言われた。

歌麿の言うことはもっともだ。長年フランスで暮らすうち、私の感覚が麻痺してしまっていたようだ。

フランス人は、とにかく己の非を認めない。よっぽどのことがないと謝らないし、自分のことは棚に上げる。屁理屈の天才で、理不尽な嘘を平気でつく。それだけ個人主義ということなのだろうが、移住した当初は、それでずいぶんジレンマが募った。

もちろん、自立心の強さや、我が道を行くことに躊躇《ちゅうちょ》のない自信と自由さ、たとえ子供であろうと、互いの人格を尊重する接し方には、日本人が見習うべきものはたくさんある。だが、「自分は悪くない」という開き直りと往生際の悪さには辟易した。

Gにはできるだけそうなってほしくなくて、自分が悪かった時は、きちんと非を認め

るよう躾《しつ》けてきたが、おそらく謝るのは家族の前でだけなのだろうと察しがつく。フランス人社会で素直に謝れば、すべての責任を押し付けられるからだ。

それでも私は、「ごめんなさい」が言えるGを、他の子供よりはまし、と甘やかしていたのだと気づいた。

「面目無《めんぼくな》いです……」

歌麿に孫煩悩なのがバレてしまった。詫びつつも、二十年ぶりに叱られたのが少し嬉しかった。


「……あの、歌麿さん」

手当を終えて部屋を出る前に、私は気を取り直して歌麿と向き合った。

「はい」

歌麿は、何のわだかまりもなく返事した。いつもそうだ。きついことを言った後でも、何事もなかったようにしれっとしている。

蔦重もそうだが、叱る時はとことん叱るが、後に持ち越さない。二人に共通するのは、『相手に嫌われることを恐れていない』ということだ。

私などは、経営者になって、最初にこれで苦労した。広告代理店でクライアントの機嫌を取り、部下には嫌われないようにと『物わかりのいい上司』ぶった。自己犠牲を美徳だと考えていた節もある。だがそんな浅はかな格好つけはとっくに部下たちに見破られ、舐められていたわけだが。

組織に属している間は、それでも月給がもらえたが、経営者になるとそうはいかない。ミスをなあなあで許していたら、すぐに取り返しのつかない事態になって、会社が潰れることだってある。

令和時代にショート動画が流行った頃、大手飲食チェーン店が従業員のいたずらで、大損害を被《こうむ》るという事件が連発した。あまりに行いが幼稚なので、企業テロを疑ったぐらいだ。株価でも操作してるんじゃないかと。

何よりフランスで、これらのニュースを見るのが辛かった。かつてはあれほど優秀だと思われていた日本人が、こんなに馬鹿を晒すとは。しかも「お前の店は大丈夫なんだろうな?」とからかう客もいた。

子供の頃、線路の上に石ころを置いて、電車を脱線させようとする悪さが流行ったことがある。脱線しなかったから良かったものの、もししていたら取り返しがつかない大惨事だ。その「もし」のスリルが楽しいのだという気持ちはわからなくもないが、分別がつく年齢になってやることではない。

映画『ミッドナイト・エクスプレス』や『スリーパーズ』のように、ちょっとした出来心で、取り返しのつかない事態になることもあるのだから。

経営者である蔦重が、相手にどう思われようが関係なく叱れるのは、店を守るためと、相手を育てるためだ。叱られてふてくされるものは去ればいい。恨まれて嫌がらせをされたとしても、そんな輩《やから》に居座られるよりましだ。叱られる意味を悟り、エネルギーを使って叱ってくれることを感謝できたものは伸びるし、やがて信頼を得て仲間や片腕になれるのだ。


「教えてください。蔦重が身上半減の刑を受けた後、あなたたちはなぜ『美人大首絵』を生み出せたのですか？」

栃木《とちぎ》に避難していた歌麿が江戸に戻って来てから、蔦重と歌麿は、それまでは役者絵にしか見られなかった人物のアップ図を、美人画で初めて試み、大ヒットさせたのだ。

「………」

歌麿は、黙って私の顔を見つめるだけだった。

「結果はわかってはいますが、誰が、何に着想してそうなったのか、その流れを知りたいのです。そこまでのことは史実に残ってはいませんから」

私の熱意にほだされたのか、歌麿はふっと息をつくように笑った。

「わかりました、お話ししましょう。私もいい加減、退屈しておりましたので……」

Gは無言で聞き耳を立てた。

「蔦重が罰金刑を受ける少し前、おりよを震災による水害で亡くし、私は傷心のあまり、栃木の贔屓筋のもとでしばらく暮らしておりました。江戸にいてもおりよを思い出して辛いばかりでしたし、白河様の取り締まりが厳しく、虫、貝、鳥に続いて出すはずだった狂歌絵本の、獣篇と魚篇も頓挫《とんざ》してしまいましたから」

「『画本虫撰』と『潮干《しおひ》のつと』と『百千鳥《ももちどり》』でございますね。獣篇と魚篇も計画しておられたとは。是非、見とうございました」

世界的に、美人画と春画で有名な歌麿だが、最初に注目されたのはこれらの生物の細密描写力だ。贅《ぜい》を尽くした彫摺とあいまって、狂歌絵本ながら、どれも生物図鑑のような仕上がりで、芸術的センスも抜群だった。

「描こうにも、何より狂歌の詠み手がいないのですから……」

歌麿は眉根を寄せた。

「お武家様方はみなさん、狂歌だけでなく、戯作からも手を引かれたのですよね」

私が尋ねると、歌麿はうなずいて続けた。

「商家生まれの京伝さんが、恋川先生亡き後も、洒落本を書き続けていたようですが……」

「そこなのですが、歌麿さんは栃木にいらしてご存じないかもしれませんが、恋川先生が筆禍《ひっか》のせいで命を失われて、それでも蔦重が黄表紙を出し続けた理由は何なのでしょう？　しかも、さらに厳しい御触れが出されていたのですよね？」

歌麿は目を丸くして私を見た。

「タケさん、色々と学ばれたのですね」

「それはもう、突然戻ってしまったので、皆さんのその後が気になって気になって。未来で書物を読み漁りました」

Gは、落ち込んでいる上に、話についていけないので、口を挟むのを諦めている。

「そうですか。……実を申せば、恋川先生の『鸚鵡返』も京伝さんの洒落本三冊も、本人たちが出したがったのでございます」

「そうなのですか⁉」

意外な言葉に、思わず声のトーンが上がった。てっきり蔦重がなだめすかし、おだて上げて依頼したのかと思っていた。

「はい。蔦重はああ見えて、慎重なところは慎重なのです。恋川先生は、盟友の喜三二先生の『二万石』が、綴《と》じも追いつかないほどの大評判になり、喝采を浴びられたのを見て、羨ましくなられたのかも知れません。御公儀に対して、より辛辣なものを書かれたので、さすがにやりすぎなのでは、と止めようとしたらしいのですが、恋川先生が譲られず……。蔦重は、何としても止めるべきだったと、悔やんでおりました」

なるほどと腑に落ちた。『鸚鵡返』が蔦重のプロデュースで、恋川春町に無理やり書かせたのだとしたら、立ち直りが早過ぎる。

いくら幕府批判でなく、山東京伝が武士ではないからといって、遊里を題材にした洒落本を、同時に三冊はやりすぎだ。

「京伝さんの方も、すでに版下絵が仕上がっていた状態で御触れが出たそうで、蔦重はお蔵入りにしようとしたらしいのですが、京伝さんが、『ならば他に持って行く。出したがっている版元はいくらでもいる』と。惚れた遊女が吉原《なか》にいたので、格好をつけたかったのではないかと推測しますが……」

「ご自身で言い出したのなら、京伝さんはなぜ刑を受けた後に筆を折る、などと？　そのせいで蔦屋は牢屋に入れられ、財産を半分没収されたのですから、身勝手過ぎではないですか。書き手がいなくなれば、蔦屋が困るのはわかりきっているのに……。常ならまず責任を感じて、一層執筆に励むのが人の道だと思うのですが。世間では逆に蔦重が、京伝さんに頭を下げて、説得したことになっているのでは？」

私は憤慨して言った。どうにも理不尽ではないか。

「『箱入娘』の序文に書かれた『まじめなる口上』でございますね」

「ええ」

「作り手など、私たち絵師も含めてでございますが、身勝手なものでございますよ。義理人情や筋など意に介さないからこそ、作ることに集中できて、極上品が生まれることがある。ただしそれが許されるのは一握りの天才だけで、勘違いした人間は、もてはやされなくなった瞬間、塵芥《ちりあくた》のように捨てられる……」

「わかる気が致します」

芸能界などでよく聞く話だ。

「京伝さんは、よほど前世の行いが良かったのか、それまでの人生が恵まれ過ぎていました。裕福な質屋の生まれで、十八大通《じゅうはちだいつう》の文魚《ぶんぎょ》さんに贔屓にされて吉原に入り浸り、北尾重政先生から絵を学べばすぐに上手くなり、自画作で本を出せば絶賛され……と、金に困ることも、世間に認められずにもがき苦しむこともなく生きてきた。それゆえ、手鎖をかけられて見せしめにされた恥ずかしさと、不自由きわまりない生活を強いられて、投げやりになったのかと……」

「初めての挫折、というわけでございますね」

苦労知らずで育った人間は、アダルトチルドレンになりやすい。蔦重は以前「怒りや悔しさってのは、何よりの力になる」と言っていた。「なにくそ！」という気持ちがバネになり、己を鼓舞するエネルギーになるのだと。だからその時の感情を忘れず、しっかり覚えておけ、と。

「京伝さんを説き伏せて出した『箱入娘』で、蔦重自ら口上を述べたのは、世間様に対して〝こんなことで蔦屋は終わらない〟という布告と共に、京伝さんを御公儀から守るための策でもあったのです。嫌がる京伝さんを、蔦重が無理やり引っ張り出したのだ、と」

「なるほど」

「京伝さんに何と言ったのかまでは存じ上げませんが、蔦重は老舗の鶴屋さんと話し合って、京伝さんの戯作に対して、潤筆料を支払うことを決められたそうでございます。京伝さんは、意中の遊女を身請けしたがっておいででしたので、悪く申せば、金に目が眩んだとも取れるかと」

「よくわかりました。おかげさまで色々と得心がいきました。……それでいよいよ、本題の『美人大首絵』についてでございますが……」

私は、火鉢に乗せた薬缶《やかん》の薬湯を湯呑みに注いで、歌麿に渡した。

「ありがとう存じます」

歌麿はふうふうと息を吹いて薬湯を冷まし、喉を潤してから話を再開した。

「江戸に戻って来てからも、私は吉原の馴染みの遊女のもとに、居続けておりました。描きたいものも描けず、私などどうなっても構わない、と……」

「それは、先ほどおっしゃった狂歌絵本のことですか？」

歌麿は首を横に振った。

「私が本当に描きたかったのは『歌まくら』のような絵でございますよ」

「やっぱり……！」

昨夜蔦重は、『歌まくら』の価値が美人画より低いことに怒っていた。思い入れの強さは、歌麿も同じだったのだ。

――制作現場に立ち会いたかった……！

私が立ち会えたのは、歌麿がまだ無名で、狂歌絵本がモノクロしかなかった頃の『絵本江戸爵《すずめ》』の制作現場だけだ。挿絵をメインにした狂歌絵本は蔦重の発案だ。北尾重政の挿絵で人気を博し、売れ筋を作った後、重政の狂歌絵本と同時に歌麿の『江戸爵』三冊を、絵師の名を隠して売り出した。

重政のものだと勘違いして購入した人々は、別人の絵ではあるがやたら上手い、この絵師は誰だ？　と騒然となった。考えてみれば、謎の絵師・写楽の売り出し方と似ているではないか。

『江戸爵』の下絵を検分する二人を見るのはワクワクした。こうやって絵が修正され、決定稿が版木に貼り付けられ、彫られていくのだと。

現代に戻って『画本虫撰』と『歌まくら』で歌麿を大々的に売り出したと知った時、

両作品のあまりのクオリティーの高さに、制作に立ち会えなかったことを心から残念に思った。その時の悔しさが蘇って来たのだ。

「『歌まくら』を蔦重と作り上げるのは、心底楽しゅうございました。これまでの枕絵にはない、誰も見たことがない構図にしようと、以前タケさんにお願いした時のように、像主たちにさまざまな形で絡んでもらい、それを写して、場面も変えて……」

「ええ……」

「女性の像主のほとんどはおりよさんですね。目鼻立ちがよく似ています」

歌麿は寂しげに微笑んだ。

「すみません！」

「……いえ。蔦重も『なるほど。人の感情ってのは、こういうふうに描きゃあ人様に伝わるのか』と、手放しで褒めてもくれました」

「人の感情……。もしかしてあの頃から、『美人大首絵』の発想があったということでございますか？」

私は『歌まくら』に描かれた、喜悦《きえつ》する女性や嫉妬する女性、果ては襲われかけて、怒りの形相で狼藉者《ろうぜきもの》の腕に噛み付く女性の顔を思い浮かべていた。確かにそれまでの美人画も春画も、笑顔程度はあってもほぼ無表情で、あのように表情豊かな女性が描かれているものを、見たことはない。

「明確にあったわけではございません。あの時は『歌まくら』の評判が大層良かったもので、次も枕絵の揃物《そろいもの》を出そうとしておりました」

「田沼様が失脚されなければ、『歌まくら』の第二弾が出ていた、ということでございますね」

これは悔しい。是非見てみたかった。

「白河様の御政道中はそれは叶うべくもなく……。そうした折に、蔦重が朝、遊廓の部屋まで訪ねてきてくれたのです。月代《さかやき》も伸び放題で惚《ほう》けている私を、いつまで呆《ぼ》けているのかと叱咤し、『世間じゃ人相見《にんそうみ》が流行っているが、あれを美人画でやらねえか？おめえなら、女の喜怒哀楽が描けるだろう』と。そこで、表情を描くなら顔を大きくしなければと、役者大首絵に倣《なら》って、呼び名を『美人大首絵』にしたのでございます。元々『歌まくら』も、表情や場面を、より近くに感じていただくために、全身を画面に入れるのをやめたのですから」

「素晴らしい試みでございました」

「恐れ入ります。美人大首絵ではさらに、制限内の色数でも美人が引き立つように、背景に白雲母摺を使わせてほしい、という私の願いを、蔦重は聞いてくれました。『虫撰』の時に、彫摺の技法を色々と試したことが役に立ちました」

私は密かに感動していた。そもそもは『歌まくら』が美人大首絵のヒントとなり、『虫撰』にそのような試みがあったとは。

――やはり本人に聞いてみるものだな。


その後、自室に戻った私は、Gに質問責めにされ、『寛政の改革』によって起こった筆禍のあらましを、順を追って丁寧に説明した。

『美人大首絵』についても、最初のシリーズである『婦人相學十躰』がいかに特別であったかを語った。

「浮気之相」が有名だが、市井《しせい》の女性の日常の仕草や表情をリアルに描き出した作品群は、絵柄が素晴らしく、やはり背景の白雲母摺（鉱物の雲母粉と胡粉《ごふん》を混ぜて作った高価な絵具を、人物にマスキングして正面から刷毛《はけ》で塗る）が効いている。これにより、美人画の背景をパール加工したかのように、淡く上品に光らせたのだ。

人々は歌麿の生き生きと匂い立つような美人画に夢中になり、次に高名な花魁たちをモデルにしたシリーズを出すと、実物は滅多に顔を拝めるものではないため、大熱狂。男性はもちろん、女性も憧れとファッションの参考にと買い漁った。

だが幕府はもちろん、このムーブメントを看過《かんか》するわけもなく、遊女を描くことを禁止する。すると二人は、プロがダメなら素人と、評判の町娘をモデルにした美人画を発表した。『寛政の三美人』とされる、富本豊雛《とみもととよひな》、難波屋《なにわや》おきた、高島《たかしま》おひさの三名だ。

富本豊雛は富本節の名取なので、完全に素人とは言い難いが、遊女でないことは確かである。難波屋おきたと高島おひさはどちらも茶屋娘。人々は、彼女たちに会いたさ、話したさにせっせと茶屋に通い、大行列ができたという。まるで「会いに行けるアイドル」の握手会だ。

これをまた、苦々しく思った幕府が次に打った手は「絵の中に特定の人物の名前を入れることを禁じる」だった。

一応は描き分けてはいるが、歌麿が描く美人画の顔は、現代の我々から見れば、比べてみないとわからない、微妙な違いでしかない。名入れされているからこそ、誰を描いた錦絵なのかがわかるのだ。

その名入れを禁じられ、蔦重はどうしたか？

まず一つは、家紋だ。これは役者絵では当然のように行われていることだが、衣装に家紋を入れることで、名前を書かずとも、一目でどの役者だかがわかる。

これを蔦重は、美人画にも応用した。武家娘ならともかく、本来は町娘が、紋付の着物など着るはずがない。芸者の美人画が、紋付の羽織や着物を着ていたのでなかなか気づかなかったが、茶屋娘の絣《かすり》の着物に店の紋が入っているなど、かなりおかしなことである。あるいはユニフォーム的に、わざわざ仕立てたのか。

つまり蔦重が、名前がなくても目印になるよう、紋付の着物や、団扇《うちわ》や前掛けに紋を入れるなどのオリジナルグッズを作らせ、身につけるよう提言したのだと考えられる。

茶屋に来た客にしても、どの美少女が錦絵に描かれた娘なのか、すぐに判別できる方がありがたい。

それしきの費用は、彼女たちのおかげで大儲けした、茶屋の亭主が出しただろうし、ともすれば『推し活うちわ』で潤った扇子屋も出したかも知れない。

そしてもう一つは「判じ絵」だ。これは、細かい絵をつなぎ合わせて文字を読み解く、元は子供向けの遊び絵だ。蔦重は、美人画の中にテレビのワイプのような小窓を作り、そこにコマ絵を並べて名前がわかるようにした。例えば、『富本豊雛』であれば、富くじの箱（とみ）、藻（も）、砥石（と）、戸板（と）、行灯（夜＝よ）、流し雛（ひな）。『難波屋おきた』であれば、青菜が二把（なにわ）、矢（や）、沖（おき）、田んぼ（た）。『高島おひさ』であれば、鷹（たか）、島（しま）、篝火（ひ）、鷺の上半身（さ）。

というように。花魁の名を判じ絵にしたものもある。江戸の人々はこの絵解きクイズに、さぞや夢中になったことだろう。

こうして、身上半減の刑を受けた後の蔦屋は、歌麿とのタッグで幕府との攻防戦を繰り広げ、息を吹き返して今に至る、というわけだ。

あとは歌麿本人が昨日話していた通り、そろそろ幕府の堪忍袋の緒が切れそうだと察し、二人のタッグはしばらく解消することになり、代わりに白羽の矢が立ったのが『写楽』だったのだ。

Gへの説明を終えて、お勝手に降りて行くと、八年前に台所仕事を教わったお民さんが、朝餉の後片付けをしていた。

蔦屋耕書堂は十名ほどの住み込みの従業員がいるため、かまどが三つある。飯炊き用と、味噌汁用と、煮炊き用だ。焼き物は炭焼き用の石の台があるし、量が少ない時は七輪を使う。幅が一メートルはありそうな、巨大なまな板も懐かしい。

——あの上でよく、イカを捌《さば》いてたよなぁ。

毎日のように塩辛を作っていたので、調理後のまな板がヌルヌルで、洗うのが一苦労だった。ただし大変さでいえば、やたら重くて、くっついた飯粒がなかなか取れない羽《は》釜《がま》洗いの方が上だったけれど。

一通り遠目で懐かしく台所を眺めたあと、洗い物をしているお民さんに近づいた。自分がタケだとバラすわけにはいかないので、

「おはようございます。ここで以前、お世話になっておりました、タケの父親の竹蔵と

申します」

丁寧に挨拶をすると、

「ええ、旦那様から聞いておりますよ」

お民さんは前掛けで手を拭きながら、にこやかに答えた。歳は四十近いと思うが、全体に脂肪がついたようで、一回り大きくなっている。やはり現代に比べると、実年齢より十歳以上老けて見える。

「娘さん、嫁がれたそうですね。せがれがお二人に、よろしく伝えてくれと申しておりました」

たちまちお民は笑顔をほころばせ、

「おかげさまで良縁に恵まれましてね。茅場町《かやばちよう》の小間物屋《こまものや》に嫁いだんですよ。もうすぐ子供も生まれます」

心から嬉しそうに言った。

「それはそれは。おめでとうございます」

少女の頃を知っている娘が、母親になるとは感慨深い。幸せのおすそ分けをしてもらった気分だった。

「早速、片付けを手伝わせていただいてよろしいですか？」

「いえもう、ここは終わりますので、ゆっくりなさっていてください。ご隠居さんさえよろしければ、昼餉の支度からお手伝いいただければ……」

「竹蔵で結構でございます。昼餉の支度は承知しました。ではその前に、お願いがあるのですが……」


「なっとなっとー納豆！」

「豆腐～い～豆腐～」

「青梅やぁー、カリカリ！　青梅やぁー、カリカリ！」

「え～、鰹鰹鰹ー！　鰹鰹鰹ー！」

「え～鰯！　え～鰯！」

青物市場に向かうメインストリートは賑やかだった。

幸いここ日本橋は、店も露店も多く、買い物には困らない。棒手振りも大勢行き交っていて、商品によってかけ声はさまざまで、それぞれの特徴をなんとなく表しているのが、面白くも懐かしい。

お民さんに書いてもらった簡単な地図を手に、私は蔦屋と取引のある米屋に向かった。

目指す店はすぐに見つかった。表に、米俵がピラミッド状に積んであったからだ。入り口は狭く、中を覗いたところ、薄暗い空間に大きな木箱が置いてあり、中に白米が入っていて、一升枡《いっしょうます》が突っ込んであった。米が劣化しないよう、日を当てない工夫なのだろう。

「ごめんくださいまし」

声をかけると、奥から中年の、女将さんらしき人が出てきた。

「いらっしゃいませ。何升ご入用で？」

「いえ、米ではなく、糠が欲しいのです」

「糠？」

女将さんは怪訝《けげん》な顔をして、

「あく抜き用でございますか？　糠ならそこの樽に入っていますから、どうぞ好きなだけ持って行ってくださいな」

素っ気なく言って立ち去ろうとした。

「いえ、一斗樽《いっとだる》二つ分の糠を、蔦屋耕書堂まで届けていただきたいのです」

「一斗樽二つ分って……。そんなたくさんの糠を、一体何に使おうってんです？」

呆れたように言った。

「糠と塩で糠床を作って、野菜を漬けるのですよ」

「糠で漬物が？」

この時代の江戸に、まだ糠漬けは普及していない。だが、どこからか自然発生した糠漬けが広まったことで、ビタミンB1を摂取することができ、『江戸わずらい』が激減したと、本で読んだことがある。

「はい。美味しい漬物ができるはずです。糠床がうまくいったら、お分けしますよ。素ができれば、増やすのは難しくありません」

ならば糠漬けを広めるのが、私でもいいはずだ。こんなことで死に至る病が予防できるというのなら、少しでも早く広まった方がいい。

「これ、お代です」

私は蔦重からもらった、一両小判を出した。

「とんでもない！　蔦屋さんなら月末締めの掛け売りですし、糠の代金なんぞ、いただくわけには参りません」

「いえ、私は店の人間ではありませんので、どうかお代を取ってください。お釣りもいりませんから、その分、糠をお米と一緒に、代金が尽きるまで届け続けていただきたいのです」

「……はぁ。構いませんけど、ひ孫の代でも終わらないかもしれませんよ」

「結構です。途中から、もっと注文が増えるかもしれませんが、どうぞよろしくお願い致します」

呆然とする女将さんに、一両の受け取りだけ書いてもらい、他に糠漬けに必要な塩や昆布や唐辛子などを買って、蔦屋に戻った。

お民さんのお勝手仕事を手伝っていると、午後には糠の二斗樽が、大八車で運ばれて来た。

「よし、忙しくなるぞ！」

気合いを入れて、早速お民さんと一緒に糠床作りを始めた。

私がいついなくなっても大丈夫なように、お民さんには作り方を覚えてもらうようお願いをした。皆が元気に長生きできるようにするためだと言うと、喜んで引き受けてくれた。私の塩辛づくりが踏襲されているぐらいだから、任せて大丈夫だろう。

作り方は、

一、寿司桶に入る分量ずつ、生糠に一割強の塩を混ぜ、よく混ぜ合わせる。

二、そこに水を少しずつ加えてゆき、しっかりと練って、つみれぐらいの柔らかさになったら、空き樽に均等に敷き詰める。

三、その上に野菜の皮やヘタを満遍《まんべん》なく載せ、上から糠床をかぶせてしっかりと空気を抜く。

四、これを繰り返し、ミルフィーユ状態になるよう、野菜くずと糠床を交互に重ねてゆく。

五、樽の半分まで詰めたら、上に布巾《ふきん》をかぶせ、蓋をして、冷暗所に置いておく。

あとは、二日毎に糠床の天地返しをして、野菜くずを新しいものに交換すればいい。野菜についた乳酸菌が糠を餌に増殖し、糠床が発酵するのを待つのだ。

季節にもよるが、十五日から二十日ぐらいで糠床ができあがる。味見をして、酸味が出てきたら、刻んだ唐辛子と昆布を混ぜて完成だ。塩を振って水気をふいた野菜を、どんどん漬けてゆけばよい。

また、冷蔵庫がないので少し不安だったが（江戸の四月は初夏に当たるが、平均気温が現代より五度ぐらい低いので、北海道の六月、といったところだろう）、切った小松菜を甕《かめ》に入れ、米のとぎ汁に塩を溶かしたものを注いだ。

原理は糠漬けと同じ乳酸発酵だが、ただ浸しておけばいいだけなので、扱いは簡単だ。漬けた青菜はそのままでも食べられるし、火を通して調理もできる。日持ちがして栄養価が上がるので、フードロスの削減や腸活、時短にも繋がる。

私の家には米のとぎ汁漬け専用の冷蔵庫があって、ガラス瓶ごとに異なる野菜を漬けている。玉ねぎ、キャベツ、人参、白菜は定番で、余った野菜はなんでも漬ける。ブロッコリーやキノコ類はとぎ汁と塩で軽く茹でて、冷ましてから冷蔵庫に。長ねぎや長芋などのトッピング類は、荒めに刻んで。すりおろしに必要な土生姜や大根は、そのままゴロンと漬けておき、必要な分だけ使ってまた戻す。

これをやりだしてから、女房などは便秘が治ったと大喜びだ。

しかも、漬けた野菜で作る焼きそばやお好み焼きはべらぼうに旨味が増すので、『日の丸食堂』の人気メニューになっている。

とにかく、私のスキルを活かして、健康につながることは、江戸でなんでもやってみようと思う。

決して後悔はしたくないから。

第八章　芸術は爆発だ

Geijutsu wa bakuhatsuda

「圧巻だね、タケ爺！」

「想像以上だな」

蔦屋耕書堂を正面に見下ろしながら、僕たちは興奮していた。

耕書堂の向かいにある、蕎麦屋の二階。ここからなら店の様子が丸わかりだ。それに誰もみな絵に夢中で、こちら側を気にする人なんていない。

店中を埋め尽くした写楽の役者絵。手前の飾り棚はもちろん、後ろの壁に渡した紐にも、隙間なく絵が吊るされている。耕書堂の中だけが、黒光りする空間になっていて、個性的な役者たちが浮き上がっている感じだ。

店の前は人だかりができている（当然だけど）。

数日前から、「蔦屋が役者絵を出すらしい」「誰が描くんだ？」という噂で持ちきりだと、タケ爺が言っていた。

もはや現代では3D看板が当たり前になっていて、匂いや風まで送られて来るけれど、手作り感満載の、こういうのもいいいな。


ところが、これだけ人が大勢集まっているのに、誰も写楽の絵を買おうとしない。

「いくら何でも鰕蔵の鼻、でか過ぎねえか？」

「いやあ、あんなもんだろ」

「なんだい、あの宗十郎の間抜けヅラは？」

「あれが市松《いちまつ》かい？　名女形《めいおやま》がかたなしだなぁ」

「嫌！　富様《とみさま》の目はあんなに小さくないわよ！」

「おい、演目のひとつは『花菖蒲《はなあやめ》』だろ？　なんで田辺文蔵《たなべぶんぞう》役がいねえんだ？」

僕にはなんのことだかさっぱりわかんないけど、ともかくみんな、ケチをつけているのだということはわかる。

「非難を受けるのは予想していたが、誰も買わないとはな……」

タケ爺が残念そうにつぶやいた。

するとそこに、お侍さんが二人やってきて、

「おうおうおうおう、買わないんなら引っ込んでな」

すらりと背が高く、色白でダンディな侍が、人々の後ろから声をかけると、

「これはお見事！」

眉が太くて鷲鼻の、エラの張った侍が、お店のディスプレイを見て手を叩いた。

「喜三二《きさんじ》先生！　四方《よも》先生！」

タケ爺が身を乗り出した。

二人の侍は、人の波をかき分けて飾り棚の前に立つと、

「なるほど、こう来るとはなぁ。さすがは蔦重……」

長身の侍が、顎に手をやり、腰をかがめて飾り棚を覗き込んでいる。

「確かに本人そっくりではありますが、いいんですかねぇ……」

太眉の侍は、言いながらニヤついている。

「いいんじゃねえか。上は芝居小屋を潰したがってんだから、一見、役者を小馬鹿にしたこいつを見て『蔦重はお上に付いた』と思わせておけば」

「けれど、芝居連中が黙っておりますまい」

と、

「あら、先生方、ご無沙汰でございます」

人々の騒ぎが収まったからか、奥から女の人が出てきた。

「菊乃《きくの》さん！」

タケ爺がさらに身を乗り出した。

「何？　みんなタケ爺の知り合いなの？」

僕はタケ爺を振り仰いだ。

「ああそうだ。侍二人は、狂歌師であり戯作者でもある。背の高い方が秋田佐竹藩留守居役の平澤常富《つねとみ》様こと朋誠堂喜三二先生。もう一人は幕臣の大田南畝様こと四方赤良先生。頭の良さは江戸随一だ」

「聞いたことある！　日本の歴史の授業で出てきた気がする」

「晩年は『蜀山人《しょくさんじん》』という号で随筆を書くんだが、日本ではその名が一番知られているかもな」

「有名人なんだね」

「ああ。二人とも『寛政の改革』で筆を折ったはずだが、こうして蔦重との交友は続いていたんだな」

感慨深そうに言った。

「で、あの女の人は？」

「菊乃さんと言って、元は吉原の売れっ子の花魁だった人だよ。客に腕を怪我させられて、慰謝料で遊女を辞められて、今は蔦屋で働いているとは聞いていたが……」

なぜか照れくさそうだった。

「あの人が売れっ子？　あんなに地味な顔なのに？」

まん丸い顔に、小さな目とおちょぼ口。まるでこけし人形みたいだ。

「いや、化粧映えするんだよ。それに、売れっ子になるのは何も、美人かどうかだけじゃない。気配りができて、芸達者で……」

「タケ爺、なんか顔が赤いよ？　あの人と何かあった？」

僕が突っ込むと、

「まさか！　あるわけないだろう！」

怒鳴らんばかりに否定した。……とっても怪しい。

耕書堂に目を戻すと、人々が二人の正体に気づいて騒ぎ始めていた。

「平澤様と大田様だぜ」

「誰だそりゃあ？」

「馬鹿！　朋誠堂喜三二先生と四方赤良先生だよ！」

「ああ、寝惚《ねぼけ》先生……」

これらの話をよそに、

「おう。こいつぁ全部で何種類あるんだ？」

朋誠堂喜三二が尋ね、

「二十八種ございます」

菊乃が答えた。

「これを描いた『東洲斎写楽』ってのは何者なんだ？」

「それは秘密でございます」

「水臭えなあ、おい。こっそり教えろよ」

喜三二が耳に手を当てて菊乃に傾けると、

「実はね、旦那……」

菊乃が喜三二の耳元に唇を寄せ、何かを囁いた。

「お前も知らないだと？　嘘をつけ！」

「本当でございますよ。ただ、一気に二十八枚も出すんですから、さぞや名のある方が、偽名でお描きになったんでしょうけど……」

これを聞いた人々は、今度は絵師の正体を推測し始めた。

「蔦屋から出るってことは、やっぱり歌麿じゃねえのか？」

「まさか。歌麿大明神が役者絵なんぞ描くかよ」

「なら京伝はどうだい？　元は絵師だったんだから、お茶の子だろう」

「そんな暇ぁねえと思うがなぁ」

「北尾政美《まさよし》に違いねえ。『鸚鵡返文武二道』が問題になってからこっち、筆を折ったと見せかけて、偽名を使って出したってことじゃねえか」

「ねえ、北尾政美って誰？　これまでの話で出てこなかった名前だけど」

「後に美作《みまさか》津山藩のお抱え絵師にまで大出世する、鍬形蕙斎《くわがたけいさい》のことだ」

「誰それ？」

「ほら、こないだ一緒にスカイツリーに昇っただろう？」

「うん」

「展望台のエレベーターが開いたすぐ前に、江戸の町を描いた大きなパネルがあったのを覚えてるか？」

「うん、覚えてる！　展望台もドローンもGoogle Earthもないのに、どうやってこんな正確な絵が描けたんだろうね、って感心してたやつ！」

「そう、あれが鍬形蕙斎の絵だ」

「そうなんだ。……ねえ、お抱え絵師ってすごいの？」

「すごいさ。武家に生まれて本画の狩野派を学んでいるならともかく、今の時点では単なる畳屋の生まれで、浮世絵師の北尾重政の弟子でしかない」

「なるほど」

「しかも、罪は免れたとはいえ、恋川春町の『鸚鵡返』の挿絵を描いた人物だ。よほどうまく、前歴を隠したのだろうな。現代ではあまり知られていないが、後に『北斎嫌いの蕙斎好き』という言葉が生まれるほど、北斎と人気を二分する絵師になる人物だ」

「へぇ〜」

「G?」

タケ爺が僕の顔を覗き込んだ。

「何?」

「フランス語のあいづちが出てこなくなったな」

「うん、学習してるからね」

僕は得意顔で笑った。


一方、「写楽は誰だ」論争はまだ続いていた。

「もしや、やまと絵師が金に困って、とか……」

「お武家様の絵師が木版の、しかも河原乞食の絵を描くなんてこたぁあるめえ」

「ズブの素人だったりしてな」

「いくら蔦重でも、素人に黒雲母は使わんだろ」

「いや、わかんねえぜ。歌麿ん時だって、白雲母で売り出したじゃねえか」

「あの頃すでに歌麿は、狂歌絵本で名を上げてたろう」

「畜生、勝川春章がまだ生きてりゃあ、春章だって言えたのによう」

「それこそわかんねえぜ。死ぬ前に描き溜めてたのかもしれねえ」

「『千両役者も、化粧を取ったらこんな顔だぞ』って、これ描いて鬱憤を晴らしてたってか？」

「なら、勝川派の誰かってことも考えられるよな。春章は生きてた頃も、とっくに役者絵から手ェ引いてたんだから」

「けど、春好《しゅんこう》も春英《しゅんえい》もよそから出してるしなぁ……。いってえ誰なんだ？」

「核心には近づいてきましたが、春朗さんの名前が出てきませんね」

タケ爺が後ろを振り返って言った。

「おう」

ムッシュが、僕らの背後に立っていた。

「それも手は打ってある。勝川派に背いた春朗を、うちで大々的に出しちゃあまずいだろうってんで、春朗を見限って写楽に肩入れしたって噂を流してな。よしんばバレたところで、半分しか当たってねえけどな」

「斎藤十郎兵衛様の名前はまだ出ませんよね？」

「ありゃあ、誰かが写楽の正体を、本格的に調べ始めてからだ」

「どうやって騙すんですか？」

　ムッシュはニタリ、と得意げに笑った。

「店のもんには、聞かれても絶対に教えるなと言ってある」

「当然でしょうね」

「で、だな」

「はい」

「袖の下を持って来て、しつこく聞かれたら、できるだけ値を吊り上げろと」

「はい？」

　タケ爺は素っ頓狂な声を出した。

「で、『そこまで言うなら仕方がない』ってえ芝居をして、渋々、斎藤様の名前を出せ、と。もらった袖の下は一旦俺に渡せ。あとでまとめて山分けにしてやるから、皆のためにも値を吊り上げるんだ。抜け駆けした奴や、本当の正体をばらした奴は、即刻うちを辞めてもらう、ってな」

すごい！　ワンチームだ。

「さすがです、蔦重さん！　それなら皆さん、すぐには口を割りませんし、亭主公認のもと、嘘をついて成功報酬がもらえるなんて、こんなに楽しいことはありませんからね！」

「おめえも協力しろよ」

「もちろん、値を吊り上げてやりますよ！」

タケ爺がガッツポーズを取った。ちょっとテンションがおかしくなってる。

一通り意見が出尽くしたところで、ずっと腕を組んでいた大田南畝が顔を上げた。

「一枚ずつ、全部いただこう」

「もちろん俺もだ。こいつは後々、伝説になる絵だぜ。ずっと持ってりゃ一財産築けるかもな」

喜三二が言った。すでにそれがわかっているとは、すごい目利きだ。

二人が大人買いしたことで火が点いた。

「俺もくれ！　鰕蔵だ！」

「こっちは江戸兵衛と奴一平の睨み合いを対でくれ！」

「菊之丞《きくのじょう》をくれ！　カミさんへの土産だ！」

「お前それ、嫌がらせじゃねえのか？」

「知ったことかよ。俺はただ、カミさんが菊之丞の贔屓だから土産に買ってやってんだ。いい亭主じゃねえかよ」

「知らねえぞぉ……」

「おう！　その、二人立ちだけを全部くれ」

「こんな下っ端の絵でいいのか？」

「先々価値が上がるんなら、こういう珍しい絵の方がいいだろう。どうせ売れ残るだろうし」

「博打《ばくち》だねぇ」

などと、さすがにコンプリートする人は少なかったが、それでも持ち金をはたいて、買えるだけ買っていく客もいた。

「もしやあの先生方も、あなたの仕込みですか」

タケ爺が尋ねた。

「まさか。サクラは頼んだが、先生方にじゃねえよ」

ムッシュの目線を追って真下を見ると、出る幕をなくして戸惑っている、二人連れの男たちがいた。

「ありがたいですね」

二十八枚ずつの役者絵を、風呂敷に包んで持ち帰る侍二人を見て、タケ爺がつぶやいた。

「まったくだ……」

ムッシュの声も、珍しくしんみりしていた。


ところが、だ。
二、三日は写楽の売れ行きも好調で、売り切れそうなものから増刷も始まったんだけど、嫌がらせも始まった。
ムッシュもある程度は覚悟ができていたようで、

「おそらく贔屓客の仕業だろう」

と、たかを括っていたけれど、ある朝起きたら表に糞尿がぶちまけられていて、大騒ぎになった。

この時代は人糞を田畑の肥料に使っていたため、トイレは肥溜《こえだ》め方式なので、厠へ行けば糞尿が簡単に手に入るのだ。

見かけはなんとか取り繕えても、板戸に染み付いた臭いはなかなか取れない。タケ爺はお酢を薄めてかけるといいと教え（学校で習った。アンモニアを酸で中和するんだ）、客から見えないところに大量の竹炭を置き、香りの強い花を飾った。

翌日も同じことをされたので、毎日これではやってられないと、寝ずの見張りを立てることになった。

――僕の出番だ。

タケ爺は炊事場の仕事と糠漬け作りで忙しいし（樽は五つに増えて、どんどん人に配っているみたいだ）、人前に立つなと言われている僕は、どうせ昼間は暇なので、昼間寝て、夜起きていることにした。元々、僕は宵っ張りで、朝起きられなくて、よくママンに叱られた。

それに夜はプラネタリウム級の星空が広がっていて、見てて飽きないし、人目を気にせず屋根の上を散歩できるのは嬉しかった。

遠くで犬の遠吠えが聞こえた。それに呼応するように、あちらこちらから鳴き声が聞こえ、いきなりシン、とおさまった。……と思ったら、今度はどこかで猫が喧嘩していた。

——いいなぁ、ここは。

静かで、月と星の光しかなくて。この明るく広い空の下の暗い空間に、起きている人もいるのだろうが、灯りのない今、僕しかいないような気分になってくる。陽が昇れば起きて、深夜は眠る。そんな当たり前の自然に即した生活が、ここにはあるんだ。

僕にはわからないけれど、空気の匂いも、きっと東京とは全然違うんだろうなぁ。

タケ爺があんなにまでして江戸に来たがったわけが、わかったような気がした。

——‼

人影が近づいて来た。桶を持った若い男のようだけど、なんだか身のこなしが普通の人と違う。隙がなく、滑らかなのだ。

僕は急いで部屋に戻り、同室で眠っているタケ爺とムッシュに声をかけた。

「来たよ！　起きて！」

二人はバッと起き上がり、ムッシュは駆け下りながら皆を起こし、タケ爺は店の二階から網を構えた。

男が桶を構え、柄杓《ひしゃく》を手にした時、

「そこまでだ！」

ムッシュが店の脇から現れ、奉公人たちが両サイドから出て来て、男を挟み撃ちにした。

「観念しな。誰の手のもんだ？」

男は「くそ！」と舌打ちし、奇《く》しくも言葉通り、桶に入った糞を柄杓ですくい、奉公人たちめがけて散布し始めた。

「うわーっ!!」

「ひえー！」

「ひゃあ〜！」

浴びてはたまらんと、たちまち人々が飛び退《ずさ》る。

「逃げるな！　捕まえろ！」

怒鳴るムッシュも必死にかわしている。

見かねたタケ爺が網を投げた。……が、男は間一髪で網から逃れた。桶の中身がまだ半分残っているが、いずれ尽きれば捕らえられる。もはや時間の問題だと皆が思っていたところ、なんと男は、桶を頭の上で逆さにし、頭のてっぺんから自分で糞尿をかぶった。

「げぇっ！」

そこまでするかと、皆がドン引きした。

糞尿まみれになった男は、やって来た方向に突進した。

「捕まえろって言ってるだろ‼」

ムッシュが怒鳴ったが、誰も言うことを聞かず、

「無理です〜」

と、道をやすやすと空けてしまった。

このまま男に逃げられるかと思ったその瞬間、何かが飛んで来て、男の背中に命中し

た。蛍光オレンジの液体が飛び散った。

僕は隣にいるタケ爺を見た。

タケ爺は、窓枠に片足を乗せた姿勢で踏ん張っていた。網での捕獲に失敗したため、防犯用のカラーボールを男に投げつけたのだった。

「そんなものまで持って来てたの⁉」

僕は呆れた。どこまで用意がいいんだか。

「ナイフを投げるわけにはいかんだろう。それにこれなら、野球ボールで的に当てる練習ができたからな。これでも子供の頃は、野球少年だったんだぞ」

うん。何回も聞いた。

「タケ！　よくやった！」

ムッシュがこちらを見上げて続けた。

「あとは奉行所に届けておきゃあ、下手人《げしゅにん》は見つかるだろう！」

「はい。あの朱色の絵具は取れにくい上、独特の腐敗臭を発しますので、きっとすぐに見つかりますよ！」

タケ爺は明らかに興奮していた。これまでさんざん時代劇で観てきた、捕物帳《とりものちょう》の世界に自ら参加して、手柄《てがら》を立てられたのだから、わからなくもないけど。

「腐敗臭ったって、肥溜めの臭いだって、三日やそこらじゃ消えねえぞ」

奉公人たちは、手ぬぐいを三分の一のサイズに細長く折って、目隠しならぬ鼻隠しをして、男が撒き散らしたものの後始末をしている。

「あの男、当分外には出られないだろうな」

タケ爺が鼻をつまんでつぶやいた。興奮が収まるとともに、異臭が気になってきたらしい。

「G、念のためにあと三日は見張りを頼んだぞ」

奉公人の皆さんに見られないよう、窓の陰に隠れていた僕に、タケ爺が言った。

「合点承知《がってんしょうち》の助《すけ》だ！」

親指で鼻先を弾きながら僕が答えると、

「いつの間に覚えた？」

タケ爺が不思議そうに聞いた。

第九章　辛い記憶　Tsurai kioku

糞尿男を追い払ってから三日が経ったが、まだ下手人は捕まっていなかった。

だが私たちの目的は、犯人を特定することよりも、二度と嫌がらせをされないようにすることだったので、効果はあったと言える。続けてGには見張りに立ってもらっているが、今のところ、あれ以来、深夜に人影を見ることはないようだ。

昼食後、糠床と漬物をご近所に配り終えて、空いた漬け樽を井戸端で洗っていると、裏口から蔦重が、一人で出て行くのが見えた。

嫌な予感がした。

私はお民さんに後を頼み、急いで蔦重の跡をつけた。

蔦重が向かったのは、高台《たかだい》にある由緒《ゆいしょ》のありそうなお寺だった。坂を上りきるのを待って、視界から蔦重が消えてから私も上がってみたのだが、石碑がたくさんある境内に、蔦重の姿は見当たらない。

「どこに行ったんだ？」

思わずひとりごちた。

と、「ピイッ」と竹藪《たけやぶ》の奥から雀が数羽飛び立った。人の気配に慌てて、飛んで逃げたのかもしれない。

そちらに近づくと、下に降りる石段が見つかった。降りようとして視界が開けた途端、立ちすくんだ。

――なんだ、ここは……？

異様な光景だった。昔のモノクロ映画『砂の女』の舞台のような、すり鉢状にぽっかりと大きな穴が空いた空間に、いくつもの鳥居が建っていた。あちこちに、無数の小さなお稲荷さんの石像が置いてある。鬱蒼《うっそう》とした苔《こけ》むす緑の中、鳥居とお稲荷さんの赤い前掛けが、チカチカとハレーションを起こしていた。

石像は、新旧取り混ぜて大きさもバラバラだ。欠けて、風化しかけているものもある。ところどころに祠《ほこら》が置かれていて、お賽銭《さいせん》が積んであった。江戸の町を作り直す度に、取り壊された祠とお稲荷さんが、この場所に集められているのだろうか。

私にとってお稲荷さんは、身近で特別な存在だ。なんといっても、私を江戸に導いてくださったのだから。

従って、ただの狐の石像とは到底思えず、それぞれのお稲荷さんに神が宿っているかのような、無数の視線を感じる。

私は一体一体に丁寧に頭を下げながら、慎重に鳥居が立ち並ぶ道をくぐった。

降りた先には小さな池があって、そこから先は上り階段になっている。見上げると、蔦重がいた。

そしてもう一人——。

紫色の野郎帽子《やろうぼうし》を着けているところを見ると、歌舞伎役者の女形だろう。先日の若い男とは、明らかに体形が違う。

——蔦重が女形と逢引き？　まさかそんな趣味が？

何を話しているのかまでは遠くて聞こえないが、何やら深刻そうだ。

鳥居の陰で、じっと様子を窺っていると、女形の顔に見覚えがあることに気づいた。

写楽の絵に描かれていた誰かだとは思うが、名前までは覚えていない。

「えっ？」

突然、女形が蔦重に抱きついた。蔦重も女形の背に手を回した……かに見えた。女形は蔦重の身体をドンッと突き飛ばすと、私が隠れているのと反対の方向に逃げて行った。

蔦重はよろめいたまま、後ろに倒れた。

「蔦重さん‼」

私が駆けつけると、蔦重は腹から血を流していた。刺されたのだ。

「嘘だろ！　もう勘弁してくれ！　二度とごめんだ‼」

私はうろたえながらも、急いで手ぬぐいを取り出して傷口に当て、

「蔦重さん！　苦しいでしょうが、ここを自分の手で、しっかり押さえていてください。できるだけ血を流さないように！　私は人を呼んで来ます」

駆け出そうとした私の袖《そで》を、蔦重が摑んだ。

「待て、タケ。……俺が女形に刺されたってことを、……誰にも言っちゃなんねぇ……」

「どうして？」

「どうしても、だ。……参拝の後にここで休もうとしたら……、見ず知らずの男にいきなり刺された、ということにしておいてくれ……」

「納得できませんが」

私は滂沱《ぼうだ》と涙を流していた。それをどう取ったのか、

「ぐずぐずしてっと……俺は死ぬぞ。……死んでもいいのか？」

息も絶え絶えなくせに、蔦重が妙な脅しをかけてきた。

「……わかりました、その線で通しますから、後で必ず理由を教えてください。約束ですよ」

蔦重は声もなくうなずいた。

私は、寺務所《じむしょ》に飛び込んでご住職に事情を話した。急ぎ助けを呼んでもらい、蔦重を大八車《だいはちぐるま》に乗せ、水天宮《すいてんぐう》に向かった。

浜町拝領屋敷《はまちょうはいりょうやしき》の中に、杉田玄白《すぎたげんぱく》が開業している診療所があることは、あらかじめ調べてあった。どの時期に落とされるかはわからなかったが、二、三年に一度の割合で、大火事に見舞われる江戸の町だ。薬と救急セットと防災グッズも、できるだけ準備して江戸行きに臨《のぞ》んだのだ。

腹を深く刺された蔦重には、外科手術が必要だ。この時代に蔦重を助けられるのは、杉田玄白しかいない。

「玄白先生！　お願いです！　蔦屋重三郎を助けてください‼」

突然飛び込んで来た怪我人を、門番はすんなり通してくれ、杉田玄白に取り次いでくれた。

ご住職が蔦重の名前を聞いて、一緒について来てくれたので助かった。お寺の信用度は絶大だった。

「とりあえず、これを……！」

私は十両入りの袱紗《ふくさ》を、そのまま玄白に握らせた。

「医学のためにお役立てください！」

玄白は、優しい目をした痩せこけた老人だった。まだ六十代のはずだが、髪が抜け落ちており、顔も首も手もシワだらけだ。

「このようなものがなくとも最善を尽くし申すが、御心、有難く頂戴致す」

医学にはとかく金がかかるせいか、玄白はすんなりと受け取ってくれた。蔦重がくれた残りの小判を、持ち歩いていて良かった。

だが、金を受け取ってくれたからと言って、蔦重が助かるとは限らない。刺し傷はかなり深そうだ。加害者の女形は、女性の姿はしていても、性別は男なのだから力があるはずだ。

座敷で手術を待っている間、私は一心不乱にお稲荷さんに祈り続けていた。

「私の残りの命を全て差し上げます！　ですからどうか、蔦重の命を救ってください！　まだこの男を死なせないでください‼」

と——。

手術は、三時間ほどかかったが、無事成功した。

玄白は平賀源内と親しかったこともあって、蔦重のことは源内から、「大変みどころのある男」と聞いていたそうで、全力で命を救ってくれた。

世界初の麻酔手術が、華岡青洲《はなおかせいしゅう》の手によって行われるのがちょうど十年後なので、蔦重は麻酔なしで手術されたことになる。……想像するだに痛そうだ。輸血もなく、よく助かったものだ。

ただし、腎臓を一つ失ったため、油断はできないとのこと。

「刺し傷は、大腸の奥の腎の臓を傷つけておったゆえ、切除し申した。本来は二つあるべき腎の臓。一つでももちろん役目を果たしはするが、一つしかないということは、その一つに不具合が起これば命が危ういということ。そのことをゆめゆめ忘れることなく、何事も無理や無茶をせず、水をたくさん飲むよう、心がけてくだされ」

玄白は、心なしか興奮しているようだった。

輸血をすることもできないこの時代に、腎臓を無くすほどの怪我を負って助かるなど、奇跡なのだと思う。

お稲荷さんが力を貸してくださったに違いない。だとすれば、お稲荷さんが拒否しない限り、私の命もじきに尽きるのかもしれないが、もはや私の命など、どうなったって構わない。

現在であれば、腎臓を一つなくしても、まめに検査を受けて早期治療を心がければ、八十歳、九十歳を超えても存命の知り合いが何人もいるが、この時代は検査ができないから、完全に自己責任だ。

しばらくは動かせないので、蔦重は玄白のもとで療養することとなった。すでに写楽の第二弾の発売を控えていたため、関係者には口止めをし、諸々の打ち合わせは、浜町拝領屋敷まで出向いて行われた。

私はなんと、この屋敷に住み込んで、玄白が蘭学と医学を教えている、『天真楼《てんしんろう》』の塾生たちに、糠漬けの効用と作り方を教えることになった。蔦重の見舞いと、玄白へのお礼にと届けていた糠漬けが気に入られたのだ。

しかも玄白の患者には『江戸わずらい』にかかっている富裕層が何人もいたため、糠漬けがこの病に効くことを教えたのでなおさらだ。回復した患者からの寄付金も少なからず集まったそうで、大層感謝された。

年齢的には、玄白はこの時点で六十一歳。私より十四歳年下なので、私を本草学《ほんぞうがく》か何かの大先生だと思ってくれている。

Gももちろん私と一緒に住んでいるが、蘭学を学んだ玄白は偏見など持たないと判断し、Gに会わせることにした。

玄白はGを快く受け入れてくれ、塾生たちも同じくだったので、Gは誰憚《だればばか》ることなく、屋敷内でのびのびと過ごせて楽しそうだった。この屋敷はなんと五百坪もあるため、庭をめぐるだけでも退屈しない。

私は何より、蔦重のそばに居られることが嬉しかった。常に回遊魚のように忙しく動き回る蔦重の健康管理は難しいが（糠漬けは食べてくれるが、相変わらず昼は握り飯と、沢庵か梅干しだけだ）、今は冷凍マグロ状態なので、じっとしていてくれるから管理しやすく、安心だ。脚気に加え、腎臓病の心配もしなければいけなくはなったけれど。

手術の翌日には蔦重は目を覚ましたそうで（さすがの回復力だ）、その後一週間ほどは面会謝絶だった。奉行所の役人は容赦無く事情を聞きに来たが、蔦重がうまく誤魔化したに違いない。

やっと面会の許可が出て、蔦重と一対一で話せる機会が訪れた。

こちらを向くだけで、蔦重は顔をしかめた。鎮痛剤もないのだから、まだ相当痛いのだろう。

私はここで暮らすことになった経緯を話し、時々は店に様子を見に行っていることも伝えた。歌麿さんはじめ、みなさん見舞いに来たがっている、と。

「歌麿ばかりか、俺までおめえに命を助けられちまうとはなぁ」

蔦重が悔しそうに言った。

「そんなことはどうだっていい！　なぜあんな事件があった後で、下手人も捕まっていていないというのに、一人でのこのこ出かけたのです⁉」

問い詰めたいことが、一週間のうちに積もりに積もっている。

「……俺を呼び出したのは別の人間だ。そしたらあいつが現れた」

蔦重がぼそりと答えた。

「はめられたってことですか？」

「勝手に名前を使ったんだろう。……おめえ、あれが誰だか、もう気づいてるよな」

「ええ、写楽の絵の中に、そっくりな人を見つけました」

「そこまでだ。そっから先は、決して言うんじゃねえぞ。あの糞尿男は、あいつの弟子なんだそうだ。自分のためにあそこまでやった弟子を、捕まえさせない、だとよ。馬鹿だよな。もう届けは出てんだから、俺を殺《や》ったって、変わんねえのにな」

蔦重は饒舌《じょうぜつ》だった。話すと痛いくせに。

「……なぜあの人を庇うのです？　お知り合いなのですか？」

約束はしたものの、追及されたくない、という気持ちが見え見えだ。

「いや、話したのはあれが初めてだ」

「なら、どうして⁉」

思わず怒鳴っていた。ダメだ。感情が抑えきれない。

「写楽のせいで、大口の贔屓客をなくしたそうだ」

「とばっちりですよ。それしきのことで離れるのなら、贔屓なんて言えないでしょうに」

「それが、大店《おおだな》の後家さんらしくてよ、『こんな醜い女形の贔屓をしているなんぞと、恥ずかしくて人に言えない』とよ」

「見せびらかすための贔屓ですか……」

馬鹿馬鹿しい。見かけさえ良ければ、中身はどうでもいいのか？

「俺はよう、耕書堂で出すもんの、全ての責任を取らなきゃいけねぇんでな。俺の出したもんで不幸になったと言われりゃあ、謝って、向こうが気の済むようにするしかねえんだ。だからよう、約束してくれ。このことは誰にも言わないと……」

話し疲れたのか、蔦重は目を閉じた。

「歌麿さんに聞きました。恋川春町先生も、山東京伝先生も、あなたが止めるのも聞かず、ご自分から本を出したいとおっしゃったそうですね」

「……」

「あなたがそれほど責任を感じることは、ないんじゃないですか？　それに私には思い当たることがあります。一見、幕府について、芝居連中を馬鹿にしているように見える写楽ですが、その実、あなたは自分が悪者になって、向こうに味方がつくように、芝居を盛り上げようとしたのではないですか？　贔屓じゃない人間に向けて売る、などというのは建前《たてまえ》で……」

「……俺はそんな聖人君子《せいじんくんし》じゃねえよ」

「どうだか。少なくとも、あなたは大の苦労人ですから」

蔦重がやれやれと目を開けた。

「なんだかおめえ、俺の魂《たま》ぁ助けたと思ったら、急に偉そうになりやがったな。おめえが俺の何を知ってるってんだ？　それに元はと言えば、八年前におめえの魂ぁ助けたのは俺だぜ」

「……もう、どうでもよくありません？　それ」

私がため息をついた途端、

「タケさん、そろそろ蔦重を休ませてあげてくださいな」

ハスキーな、聞き覚えのある声がしてハッと振り向くと、端正な顔立ちの、見知らぬ青年が立っていた。玄白の塾生なのか、道着を着ている。

いや、でも確かこの声は……。

まじまじと青年の顔を見ていると、青年はふっと笑い、掌を扇の形に開いて己の顔を隠した。手を少しずらして片目で私を見ると、

「嬉しゅうおざんす」

流し目をくれた。

「まさか！　……蜻蛉《かげろう》さん⁉」

「あい。その節は、狼藉者に囚われたわっちをお助けくださり、ありがとうござんした。おかげさまでこれ、この通り」

蜻蛉はくるりと回っておどけてみせた。

蔦重は笑いを堪えて痛さと戦っている。

「蔦重さん、これは……？」

「おめえが聞かないもんだから、言ってなかったが、蜻蛉は花魁を辞めて、今は玄白先生のところで働いている。源内先生とは深い仲だったってことはご承知だ」

「ほえ〜」

驚きのあまり、妙な声が出た。

「あなたからの手紙を読んではいましたが、本当に男性だったのですね」

だが、蔦重の二通目の手紙では、蜻蛉はまだ花魁を続けていた。それがあったから、私は蜻蛉の行く末が気にならなかったのだ。いずれ宴席でまた、会えるかもしれないと。

やはりこの世界は、私が来たことで、元の世界とは違ってしまっているらしい。

「タケさんも本当は、お爺さんだったのですね」

蜻蛉が可笑《おか》しそうに言った。男に戻っても見惚れる美しさだ。

「私がタケだということは、蔦重さんから？」

私が二人の顔を見比べて聞くと、

「いや、蜻蛉がてめえで気づいたんだ」

「よくぞまあ……」

元は旗本の嫡男だったと聞いているが、見栄えだけでなく、さぞや中身も優秀だったのだろう。平賀源内が惚れただけのことはある。

「タケさんを見ていればわかります。気づくまで黙っていようと思っておりましたが、一向に気づいてくださる様子がないので」

「では、ずっと近くにいらしたのですか？」

「あい」

蜻蛉は艶《あで》やかに微笑んだ。


さらに二週間ほど経った、少し汗ばむ陽気の六月。

私はGを伴って、蔦重と一緒に、広大な庭の中腹にある東屋《あずまや》にいた。

東屋までは、蜻蛉が蔦重をおぶって連れて来てくれた。

「また帰る時には声をかけてください」

と言い置いて、蜻蛉は平然と仕事に戻って行った。意外に細マッチョで体力があるのに驚いた。

――さぞかしモテるのだろうなぁ……。

去ってゆく背中を見ながら感心した。

Gは気持ちよさそうに太陽の光を浴びながら、庭にいるイタチやウサギを追いかけている。

歌麿から、通常通り歩けるまでに回復したから、見舞いに来ると連絡があった。本当に良かった。回復したこともだが、最後に歌麿に会えるだなんて。

あの時――。

吉原ソープ街で車のヘッドライトを浴びた時、私は確かに衝撃を受けた。なぜ怪我ひとつなく江戸に来られたかは謎だが、お稲荷さんの粋な計らいだとでも思っておこう。

数日前から、自分の身体が時々透けていることに気づいた。お稲荷さんに差し出した私の命が尽きるのか、もしくは現代の私が、意識を回復しようとしているのか……。

どちらにしても、最初から私は、もうフランスには戻らない覚悟で日本に帰ってきた。家族にそのことは伝えていないが、『日の丸食堂』を始めてから、ずいぶんと家族の時間が持てたのだから、私としては十分だ。ジェラールと沙羅という、二人の可愛い孫にも恵まれた。

その一人が不運な事件で死んだ時、私はもう、生きていても仕方がないというところまで落ち込んだ。何年か鬱《うつ》に近い状態が続き、

「もう十分生きたから、いつ死んでもいい」

と思って自分の人生を振り返った時、

「待てよ。どうせ死ぬのなら、もう一度江戸に行ってから死にたい。いっそのこと江戸で死にたい。失敗したって構わない。やるだけやってみよう」

という気持ちになり、Gを伴って江戸に来ることができた。

今度こそ本当に、死んでも悔いはないのだ。蔦重の命は助かったのだし、あとは蔦重と歌麿に、あのことさえ伝えられれば。

ともあれ、現代の私が意識不明だった間、私は江戸で暮らせていたということだろう。


「タケさん！」

歌麿が手を振りながら近づいて来た。足取りがしっかりしている。

「歌麿さん！　もうすっかり元通りですね」

「タケさんのおかげです。ありがとうございます」

歌麿が着物の裾をまくって、私に怪我の経過を見せていると、

「おーい歌、おめえ何しに来たんだ？」

東屋の中から、蔦重が不機嫌な声を出した。

「いらしたのですね」

「当たり前だ。俺の見舞いに来たんじゃねえのか?」

「まさしく『鬼の霍乱《かくらん》』でございますね」

背筋を伸ばして座ることができず、だらりと縁台に寄りかかる蔦重を見て、歌麿が笑った。

——平和だ。

だだっ広い空に、入道雲が踏ん張っている。一面の、手入れのゆきとどいた緑の庭。池ではカラフルな錦鯉《にしきごい》が水紋《すいもん》を作り、涼しげに滝の流れる音がする。

「……なあタケ。おめえ、俺が刺された時、大泣きしながら『もう勘弁してくれ! 二度とごめんだ‼』って叫んだよな。ありゃあなんのことだ?」

「………」

「言いたくなきゃあ言わなくてもいいけどよ、言って楽になるなら言っちまえよ」

私は静かに、蔦重を見つめた。

「なんのことですか?」

歌麿が尋ねたが、蔦重は私から目を離さなかった。

「……Gってよ、生きちゃいねえんだろ?」

「えっ?」

歌麿が、思わず庭で遊ぶGを振り返った。

「なんだ、綺麗に発音できるじゃないですか……」

鼻の奥がツンとした。

「そんなこたあ聞いてねえ」

蔦重が真顔で言った。

「どうしてわかったんです?」

GはAIが作った、本物そっくりに見える3Dホログラムだ。アウトドア用の折りたたみ式ソーラーパネルで充電して動いている。3Dホログラムの存在を知っている人間にならバレても不思議はないが、江戸時代の人間に見破られるとは思わなかった。

「逆から考えりゃぁわかるさ。人目につくなとは言ったが、どうしておめえを手伝おうとしねえのか。何かに触ったり持ったり、飯を食ってるのも見たことがねえし、糞尿をぶちまけられて、鼻がひん曲がりそうな中でも、臭そうな顔を一切しねえ。到底生きているとは思えねえ。……だから、こないだの写楽の売り出しの時、後ろからGに触れてみようとしたら、手がすり抜けやがった」

「…………」

「かと言って、幽霊を連れて来たわけでもあるめえ。……本物の孫はどうした？　未来に置いてきたのか？」

「……死にました」

言った途端、涙が膨れ上がってこぼれ落ちた。

「今から約二百四十年後、世界中をある伝染病が襲いました。人々は、家から出ることを禁じられ、様々に生活が制限されました。制限が緩められても、完全に元の生活に戻ることはなかなかできませんでした。何のせいとは断言できませんが、気鬱《きうつ》の病にかかった人が増えました。すぐに気分が悪くなったり、何もやる気が起きなかったり、かと思えば、突然怒鳴り出したり、暴れ出したり、無言で殴り合ったり……。でもそんなのは、全体の中ではごく少ない出来事で、人ごとだと持っていました。あの日までは……」

「タケさん……」

歌麿は手ぬぐいを貸してくれた。私の涙腺は崩壊していたのだ。

「久しぶりの登校日に、いつものように出かけたGは、変わり果てた姿で帰ってきました。気鬱の病《やまい》でおかしくなった男に襲われ、滅多刺《めったざ》しにされたのです。幸い頭は無事でした。亡くなってから丸一日以内なら、記憶を移すことができる。さらに作りもののGを作るには、莫大な費用がかかりましたが、私は自分の自由になる全財産をつぎ込みました。Gのいない人生など耐えられなかった。作りものでもいい。Gの記憶と思考と姿を持ってさえいれば、たとえ触れられなくても、生きていた時そのままの時間を共に過ごせる……」

「……」

「おめえは本当にそれでいいのか？」

蔦重が、眉間にシワを寄せて尋ねた。

「はい……」

「俺はなんだか、あの世にいる本物の孫を哀れに思うけどな」

私が拳を握り締めてうなだれると、

「そうでしょうか？」

歌麿が私に代わって反論してくれた。

「私にはわかります。タケさんの気持ち。もしここに、おりよそっくりの人形がいて、おりよそっくりの声でしゃべったとしたら……。それだけでも私は、何と引き換えででも、その人形を手に入れようとするでしょう」

「歌麿さん……」

「墓参りだって同じではないですか？　墓石を故人に見立てて話しかける。墓は、亡くなった人の供養のためというより、生きている人のためにあるのではないでしょうか？もう会えないという寂しさを紛らわし、一歩一歩、相手の死を受け入れるために、法要がある。本物のGもきっと、いつまでも自分を思ってくれるタケさんのことを、喜んでいると思いますよ」

私はうなずく代わりに、思いっきり洟《はな》をかんだ。

「そういうもんか。俺は二年前に大事な母親を亡くしたが、諦めがついたのは、歳のせいなんだろうな。俺には子供がいねえから、当然孫もいねえけど、いたらそんな気持ちになるのかもな」

逆縁《ぎゃくえん》の辛さ、哀しさは、経験した人間にしかわからない。

「……だから私は、Gと一緒に江戸に来られて満足なのです。あと何年生きられるかわかりませんが、『いい人生だった』と言って死ねそうです。それに向こうでは、本物のGが待っていてくれるかもしれない」

「私たちだって、いるかもしれませんよ」

歌麿が言い、

「さすがに転生してるだろう」

蔦重が突っ込んだ。

「ところで皆さん」

私は涙を拭《ぬぐ》い去って顔を上げた。

「そろそろ未来に戻らなければいけないようです。……ほら」

左手を上げると、手首から先が消えていた。

「うわっ！」

二人が仰《の》け反《ぞ》った。

「どうやら荷物を取りに行っている時間もなさそうです。どうか皆さん、私が未来から持って来たものは、速やかに処分してください。可能なら燃やし切って、この世から消滅させてください」

二人はコクコクと頷いた。

「それと蔦重さん、どんなに忙しくても、糠漬けは毎日食べてください。できれば味噌汁も」

「わ、わかった」

「この世界は、私が来たことで少し変わってしまったようです。記録されていなかったり、嘘を記録した可能性はゼロではありませんが……」

「それならタケ。未来に戻った世界がどうなってるかは知らねえが、俺たちの仕事がもし残っていなかったら、必ずおめえが発掘してくれ」

「お約束します」

そのためもあって、Gを連れて来たのだ。Gが見たものは、すべて録画されている。

そうしている間にも、私の体はどんどん透明に近づいていていた。

「G、おいで」

私はスマホサイズの3Dホログラムの電源を切って、急いで懐に入れた。

「ではみなさん。これまでありがとうございました。どうか息災で、いい仕事を残してください」

「タケさん……」

「タケ……」

「最後に歌麿さん！」

「はい」

「あなたは決して……ひでよ……描かない……ください！」

私は閃光に包まれ、色の洪水が押し寄せるトンネルの中を、凄まじい勢いで通り抜けて行った。

「ああ!!」

私の懐《ふところ》から3Dホログラムが滑り出て、後方に飛ばされた。

「G——!!!」

私の意識が、スイッチを切るように途絶えた。

行き先は未来か、それともあの世なのか——。

第十章　旅の終わり　Tabi no owari

目が覚めると病院のベッドの上だった。

「お父さん！」

「パパ！」

「じいじ！」

――確か、二十年前もこんな感じだったな。

ともあれ、私は生きているらしい。

ハッとして懐を探ろうとした途端、全身を激痛が襲った。一体どれほどの怪我だったんだ。ともあれ、痛みをこらえて腹に手を入れたが、自分の肌に触れただけだった。

――G。連れて帰れなかったか……。

違うのは、ここにジェラールではなく、孫娘の沙羅がいることだ。Gは十一歳で時を止めたが、この子はもうすぐ十八歳になる。

「良かった。車に撥ねられて、一ヶ月半も昏睡状態だったのよ。悪夢が蘇ったわ」

亜里沙が胸を撫で下ろした。

悪夢か。こっちはせっかく良い夢を見てたのに、って感じだ。

「悪いが佐和子、スマホを貸してくれ」

「何よ、いきなり」

文句を言いながらも、佐和子が電動ベッドの背を起こし、ポケットからスマホを出して渡してくれた。

すぐさま『蔦屋重三郎』を検索した。没年が一七九七年であることに変わりはない。

――くそっ、寿命を延ばすことは叶わなかったか。

読み進んでも、以前と変わりはないように思える。

「……!!」

やったぞ！『寛政9年（1797年）5月6日に48歳で没。』で止まっている。確かタイムスリップ前はこの後に『脚気であったという。』という一言があって、出典が添えられていたはずだ。

つまり、蔦重は他の何かの事情で亡くなったのだ。

――やはり、腎臓疾患が原因だろうか。

ともあれ、やるだけのことはやったんだ。

次に、『喜多川歌麿』を検索した。

「あなたは決して秀吉の絵を描かないでください！」

最後の私の言葉が、歌麿に聞き取れたかどうかだが……。

残念な結果だった。歌麿はやはり『太閤《たいこう》五《ご》妻洛東遊観《さいらくとうゆうかん》之《の》図《ず》』で入牢させられ、一八〇六年に亡くなっていた。

――バタフライ・エフェクトもたいしたことないな。

私が江戸にタイムスリップしただけで、あれほど状況が変わっていたというのに、今のところ、私が変えられたのは、蔦重の死因ぐらいのもののようだ。がっかりして佐和子にスマホを返そうとしたその時、

「タケ爺、目が覚めたんだって!?」

勢いよくドアが開けられたその向こうに、大人になったGが立っていた。

蔦重の矜持

《第一章》――25、27ページ

「『何事も経験』ってのは本当のことで、人生に無駄なことなんて一つもないぞ。無駄だと思ったとしたら、それは経験を生かさず、無駄にしちまった自分が悪いんだ。様々な経験を積んだ上で、自分の天分を見極めて、それを仕事にして社会に貢献する。それがこの世に生を享《う》けた意味ってもんだ」

「自分の好きなことを仕事にして、人に喜ばれることほど幸せなことはない」

《第二章》――70ページ

「理屈にあぐらをかいて、学ぶ気がない奴は叱らねえよ」

「叱り甲斐がねえってこった。叱るってのはよ、結構労力がかかるもんなんだぜ。それをおめえにしてやる義理はねえって言ってんだ」

《第三章》――――91ページ

「……蔦重の苦労は、仏教でいう〝忘己利他《もうこりた》〟だ。自身は裏方に回り、クリエーターたちを采配して、民衆をいかに楽しませられるか、どうすれば衰退していく吉原を復興させられるかに知恵を絞った。それはすなわち、人々に感動を与え、生きる喜びを与えたということだ」

《第六章》――――148、151ページ

「全部おめえの思い込みだろうが。そんなもんに振り回されて変わるんなら、それがそいつの運命ってもんじゃねえのか？」

「やっぱり本ってのは面白ぇよな。遠い異国の話でも、こうやって何百年も伝わってくんだよな。書いた人間はとっくに死んでんのによ」
「歴史ってもんが、どなた様の采配なのかは知らねえが、おめえの行いが歴史を変えるの変えないのって、そんなことを神様と同じ位置に立って推し量ろうってのが、そもそもおこがましい話じゃねえのか？　俺たちゃあせいぜい、俗世で精一杯、足掻《あが》いて生きてりゃいいんだよ」

《第七章》――177、182ページ

経営者である蔦重が、相手にどう思われようが関係なく叱れるのは、店を守るためと、相手を育てるためだ。叱られてふてくされるものは去ればいい。恨まれて嫌がらせをされたとしても、そんな輩に居座られるよりましだ。叱られる意味を悟り、エネルギーを使って叱ってくれることを感謝できたものは伸びるし、やがて信頼を得て仲間や片腕になれるのだ。

苦労知らずで育った人間は、アダルトチルドレンになりやすい。蔦重は以前「怒りや悔しさってのは、何よりの力になる」と言っていた。「なにくそ！」という気持ちがバネになり、己を鼓舞するエネルギーになるのだと。だからその時の感情を忘れず、しっかり覚えておけ、と。

「京伝さんを説き伏せて出した『箱入娘』で、蔦重自ら口上を述べたのは、世間様に対して〝こんなことで蔦屋は終わらない〟という布告と共に、京伝さんを御公儀から守るための策でもあったのです。嫌がる京伝さんを、蔦重が無理やり引っ張り出したのだ、と」

《第九章》――――231ページ

「俺はよう、耕書堂で出すもんの、全ての責任を取らなきゃいけねぇんでな。俺の出したもんで不幸になったと言われりゃあ謝って、向こうが気の済むようにするしかねえんだ」

謝辞

本作を執筆するにあたり、フランス文化、生活習慣およびフランス語について、上智大学外国語学部フランス語学科　高橋暁生教授、マーシャキタハラ　ミキさん、コーエン　ソフィアンさんに多大なるご助言を頂きました。

この場をお借りして心より御礼申し上げます。

本書は書き下ろし作品です。
協力　いつか事務所
巻末扉作製　ビーワークス

車 浮代《くるま・うきよ》

時代小説家、江戸料理文化研究所代表。セイコーエプソンのグラフィックデザイナーを経て、故・新藤兼人監督に師事しシナリオを学ぶ。現在は作家の柘いつか氏に師事。『蔦重の教え』（飛鳥新社／双葉文庫）がロングセラーに。『蔦屋重三郎と江戸文化を創った13人』（PHP文庫）、『春画入門』（文春新書）も版を重ねている。近著に『居酒屋 蔦重』（オレンジページ）、『Art of 蔦重』（笠間書院）、『仕事の壁を突破する蔦屋重三郎50のメッセージ』（飛鳥新社）があり、著書は30冊を超える。国際浮世絵学会会員。江戸風レンタルキッチンスタジオ「うきよの台所」を運営。http://kurumaukiyo.com

車 浮代
オフィシャルサイト

蔦重《つたじゅう》の矜持《きょうじ》

二〇二五年一月一五日 第一刷発行
二〇二五年一月二九日 第二刷発行

著者 車 浮代
発行者 箕浦克史
発行所 株式会社双葉社
〒162-8540
東京都新宿区東五軒町3-28
電話 03-5261-4818（営業部）
03-5261-4831（編集部）
https://www.futabasha.co.jp
（双葉社の書籍・コミック・ムックが買えます）
印刷所 中央精版印刷株式会社
製本所 中央精版印刷株式会社

ISBN978-4-575-24789-3 C0093